KB081032

Riki ◆ 아이노쿠사비 5

기억에 없는 음란한 광경에 리기는 창백하게 질리고 말았다.
"아… 니야, 내가… 아니야… 내가 아니야!"
벌떡거리는 흉기 같은 성기로 애널을 깊숙이 꿰뚫어
다리를 비틀고 허리를 뒤틀며 미친 듯이 몸부림치는 '리기'를 바라보며
리기는 떨리는 목소리로 외쳤다.

아 이 노 쿠 사 비

5

글 요시하라 리에코

그림 나가토 사이치

MM NOVEL

번역 김진영 **표지** 조은아 **편집** 김경선 **마케팅** 김정훈 **주간** 정다움

목 차

1장

중후한 무기질. 모든 것이 합리적이고 한 치의 어긋남도 없이 정연하게 시간을 새겨나가는 전뇌 기계 도시 'TANAGURA(타나그라)'.

그 안에서 유일하게 이단이라고 할 수 있는 유기체(인간)가 존재하는 특수 구역—'EOS(에오스)'.

본인의 입장에서 보면 선택의 자유 따윈 없는 강제 송환이었지만… 어쨌든 약 1년 반의 공백을 거쳐 다시 돌아온 리키는 처벌을 받아야 했다. 한 달 동안 목줄에 리드를 걸고 하루에 정확히 2시간 동안 퍼니처 칼과 함께 '별관을 산책'한다는 명목으로 도저히 신참이라고는 생각할 수 없을 정도로 뻔뻔스럽게 '이름'과 '얼굴'을 팔며 돌아다니는 처벌.

말하자면 구경거리가 된 셈이다.

에오스 펫들의 평균 연령이 13세 전후임을 감안하면 이미 성숙한 수컷인 리키의 '연령'과 '귀환'이라는 있을 수 없는 경력은 그야말로 엄청난 스캔들이었다. 또한 그가 특례라기에는 너무나도 이질적인 '두 번째 데뷔 파티'에 강제 참가하게 됐을 때 복수라고밖에 생각할 수 없는 이아손의 전례 없는 퍼포먼스에 펫은 물론 엘리트마저 경악하고 말았다.

악취미의 극치인가.

특이한 취향으로 이름 높은 그다운 기행인가.

아니면 체제에 대한 통렬한 비판인가.

받아들이는 방식은 각양각색이었을지 몰라도 이아손의 사고와 의향을 이해할 수 있는 자는 아마 아무도 없었으리라.

당시 D타입 펫 링의 효용을 많은 사람들이 지켜보는 가운데 강제로 선보여야 했던 리키는 몸도 마음도 지칠 대로 지쳐서 주변의 상황이 전혀 눈에 들어오지 않았다. 그러나 그 후에 펫들의 질투와 혐오를 넘어선 원한의 눈빛은 그들이 던지는 모멸과 폭언보다 더 많은 뜻을 담고 있었다.

아니, 리키와 이아손의 농밀한 관계가 한자락 모습을 드러낸 만큼 그 충격은 이전과 비할 바가 못 되었다.

슬럼의 잡종인데.

최악의 쓰레기인데.

―왜?

―어째서?

자신들에게는 주어지지 않는 특권이 주어지는 것일까.

―싫어.

―안 돼.

그런 건 용납할 수 없어.

그런 게 용납되어선 안 돼.

물론 이제 와서 무슨 말을 듣는다 해도 끙끙 앓거나 우울해질 정도로 리키의 신경은 섬세하지도, 연약하지도 않았다.

하지만 귀찮았다.

별관 내부 어디에 있어도 자신에게 꽂히는 가시 돋친 시선은 묵살해도 시야에서 사라지지 않았다.

보이지 않아도 느껴지는 시선.

귀찮고 지긋지긋했다.

슬럼의 잡종에 대한 비난은 처음 3년간이 훨씬 노골적이고 시끄럽고 가차 없었지만 끈적끈적하게 엉겨 붙는 음습함은 돌아온 후에 훨씬 사실적이고 생생해졌다.

꼭 그래서만은 아니지만 요 5일 동안 리키의 발걸음은 별관에서 멀어졌다.

───────※───────

그날 밤.

평소대로 저녁 식사를 마치고 자신의 방으로 돌아와서 전자책을 보고 있을 때 느닷없이 자동문이 열렸다.

자신의 방이라 해서 실질적으로 사생활이 있는 게 아니라는 사실은 예나 지금이나 변함이 없다. 문은 안쪽이 아니라 바깥쪽에서 잠긴다.

느긋한 걸음걸이로 이아손이 침대 옆으로 다가왔다.

에오스에서 사육당하는 펫들은 주인이 돌아오면 모든 걸 팽개치고 재빨리 달려가서 순종을 표시하고 한껏 애교를 떨지만 이 방은 상황이 다르다.

"다녀오셨습니까."

칼이 깍듯이 허리를 굽히며 정중하게 맞이하는 동안 리키는 코빼기도 내비치지 않는다. 이아손은 그걸 나무라기는커녕 손수 방 안으로 발걸음을 옮긴다.

에오스의 상식을 벗어난 광경에 처음에는 경악해서 말을 잃었던 칼에게도 지금은 자신의 주인과 펫의 관계가 매우 특이하고 이례적인 케이스라는 현실이 입력되어 있었다. 머릿속에 새겨진 매뉴얼은 전혀 통용되지 않는다. 자신의 눈으로 본 사실만이 이 방의 암묵적인 규칙이다. 그렇게 결론을 내릴 수밖에 없었다.

"오늘도 방에서 한 발자국도 나가지 않은 것 같군."

타나그라 대표로서 아이샤와 함께 지브릴 성을 축하 방문했다가 일주일 만에 돌아온 이아손이 실크 장갑을 벗으며 말했다.

리키의 일상은 당연히 칼에게서 낱낱이 보고받고 있는 모양이다. 이곳 에오스에서 자신이 기르는 펫의 행동을 그토록 상세하게 파악하고 있는 주인은 이아손 외에는 분명 아무도 없으리라.

전자책의 스위치를 끄며 리키는 이아손을 올려다보았다.

"그럼 어딜 가라고. 살롱에 가서 어린애들 뒤치다꺼리라도 하라 이거야?"

저도 모르게 튀어나오는 퉁명스러운 말은 이미 조건 반사에 가깝다. 그 사실을 자각하고 리키는 작게 혀를 찼다.

'…정말 발전이 없군.'

자각하고 있는 만큼 짜증이 났다.

"슬럼 출신, 그것도 스무 살이 넘은 늙은 펫 따위, 이곳 에오스에선 살아 있는 화석이나 다름없잖아? 구경거리가 되는 건 이제

지긋지긋해."

100퍼센트 진심이다 보니 어쩔 수 없이 말투가 거칠어졌다. 누가 뭐래도 그것이 에오스의 현실이다.

"흉악한 트러블메이커 주제에 많이 발전했군."

이아손은 한쪽 뺨으로 삐딱하게 웃으며 야유했다.

"나는 아무래도 상관없다만."

그렇게 말하며 어루만지듯 리키의 턱을 움켜잡았다.

"네가 내 펫이라는 사실을 확실하게 자각하고 있기만 하다면."

순간 리키의 눈이 험악하게 일그러졌다.

"개소리하지 마! 데뷔 파티 때 그렇게 멋대로 굴어놓고 잘도 자각이란 말을 지껄이는군."

떠올리고 싶지도 않은 추태다.

처음 파티에 나갔을 때에는 최음제가 섞인 음료수 때문에 중간부터 기억이 날아가 버렸다. 자신이 부린 추태가 얼마나 천박하고 우스꽝스럽고 음란했는지… 그 이야기는 다른 펫들로부터 비아냥과 빈정거림과 조소를 담아 실컷 들었다.

기억에 없는 추태를 끄집어내어 아무리 비꼬고 조롱해봤자 아무렇지도 않다. 잠꼬대에 책임을 묻지 않는 거나 마찬가지다.

하지만 얼마 전 그 일은 또렷하게 기억하고 있었다. 그럴 수만 있다면 차라리 기억을 말소해버리고 싶을 정도다. 그 마음을 꿰뚫어 보기라도 한 양 이아손이 말했다.

"그래. 그러니까 잊지 마라."

그리고 다른 한 손으로 리키의 다리 사이를 움켜잡았다.

이미 샤워를 하고 잠자리에 들기 위해 갈아입은 잠옷은 안으로 파고드는 이아손의 손을 쉽사리 허락했다.

리키는 목소리를 죽이며 앉은 채 살짝 뒤로 물러났다.

"이 펫 링이 너의 몸을 조이고 있는 한 너는 내 것이다. 누가 뭐라 해도, 네가 누구를 생각하더라도."

이제 도망칠 곳은 아무 데도 없다.

더 이상 멋대로 굴게 내버려 두지 않을 것이다.

리키의 운명은 단 하나의 링이 쥐고 있노라고 새삼 선고받은 듯한 기분이 들었다.

리키는 그를 노려보았다.

그러나 욕설을 퍼부으려고 살짝 입을 연 순간 키스가 그 입술을 막아버렸다. 리키는 한순간 허를 찔리고 말았다.

여느 때처럼 숨이 막힐 만큼 입술을 탐하는 키스가 아니었다. 오히려 탄력 있게 감겨드는 입술은 부드럽기까지 했다.

'어… 째서…?'

키스는 차츰 깊어졌다.

촉촉하게.

녹아내릴 듯이 달콤하게.

―부드러워.

'뭐… 뭐야?'

평소와는 다르게 온화하고 부드러운 입맞춤에 리키의 손가락이 당황한 듯 떨렸다. 뭘 어떻게 하면 좋을지, 그마저도 알지 못한 채 리키는 무심코 시트를 힘껏 움켜쥐었다.

2장

　젊은이들이 붐비는 술집 가장 깊숙한 방.

　가이가 그 방을 찾아간 것은 이로써 두 번째였다.

　"어서 와. 오랜만이군."

　정보상으로서 솜씨는 빼어나지만 뻐딱한 태도와 신랄한 말투, 그리고 어딘지 정체를 알 수 없는 독특한 분위기 때문에 슬럼에서는 공공연하게 '사신'이라고 불리는 남자 라비.

　그러나 오랜만에 듣는 그의 목소리는 여전히 사람을 깔보듯이 가벼웠다. 리키에게 질리도록 들었던 가디언 시절의 본성을 알지 못했더라면 세간의 '소문'이 일종의 영업용 선전이 아닐까 싶어 당황할 정도였다.

　'왜 또 온 거야.'

　그런 라비와는 대조적으로 그의 붉은 머리 파트너 토르는 흘낏 시선을 던지며 싸늘하게 말했다. 그 태도에 가이는 뭐라 형용하기 힘든 표정을 지었다.

　지난번 슬럼을 떠났다가 돌아온 패배자 리키에게 흥미 삼아 쓸데없는 수작을 부렸다가 오히려 호되게 당한 토르는 그 일이 어지간히 트라우마가 되었는지 가이에게도 노골적인 경계심을 드러냈다.

실제로 가이는 리키가 말한 '유민'이라는 게 무엇인지… 잘 모른다.

슬럼에서 장물아비 노릇을 하고 있는 잭이 다른 행성 사람이라는 것은 모두가 알고 있는 사실이지만 그를 '유민'이라고 부르는 자는 없다. 잭의 특이한 외모가 슬럼과 너무나도 잘 어울려서 다른 행성 사람이라는 사실을 잊어버릴 정도다.

그러나 토르는 굳이 다른 행성 사람임을 숨기지 않는 잭과는 정반대다. 그 말은 분명 토르에게 아주 중대한 의미를 지니고 있을 것이다.

그리고 라비는 그 위험 요소를 충분히 이해하고 있었다.

가이는 그 문제를 깊게 파고들 생각은 없었다. 정보상 라비에게는 관심이 있지만 그의 사생활에는 요만큼도 관심이 없다.

'그러니까 쓸데없이 날카롭게 굴지 마.'

그렇게 말하고 싶었지만 아무래도 리키에 대해 철저히 '천적 모드'가 발동한 듯한 토르에게는 가이도 어차피 한패로 보이리라.

"여러 가지로 난리가 난 모양이더군."

권해준 소파에 앉자마자 라비는 입가에 의미심장한 미소를 지었다.

그 말이 키리에와 관련된 사건을 가리키는 것임은 자명했다. 가이는 지긋지긋한 심정으로 한숨을 내쉬었다.

현재, 그로부터 벌써 두 달 가까이 지났는데도 슬럼에서는 아직 그 화제가 사그라들 기미가 보이지 않는다.

경계선을 넘어오지 않는 미다스 치안 경찰이 슬럼으로 쳐들어온 사건은 일개 개인의 문제로 끝낼 수 없게 되었다.

미다스에서 실수를 해도 슬럼으로 도망치면 괜찮다―그런 암묵적인 룰이 송두리째 뒤집힌 셈이다. 아니… 실은 그 룰야말로 아무 근거도 없는 '착각이었던 거다'.

케레스의 주민들, 특히 울적함과 폐쇄감을 견디지 못해 스릴과 실익을 겸한 크루징을 되풀이해온 젊은이들에게 그것은 남의 일로 치부할 수 없는 큰 문제였다.

'키리에를 증오하라'.

'극악무도한 키리에'.

'용서할 수 없다, 키리에'.

슬럼에서는 지금 그런 대합창이 일고 있다. 적대하고 반목하는 그룹 항쟁에 방관적인 태도를 무너뜨리지 않던 자들까지 분노를 감추지 않았다.

벼락출세를 노골적으로 과시하던 키리에에 대한 질투와 반발을 제외하더라도, 단순한 비난 정도로는 가라앉지 않는 무시무시한 반향이었다.

『기회만 잡으면 난 뭐든지 할 수 있어.』

『리키가 한 일을 내가 못할 리 없잖아.』

『출세를 위해서라면 팔 수 있는 건 모두 팔아치울 거야.』

과잉된 자아와 출세욕만큼은 누구보다 강했던 키리에가 슬럼의 역사에 자신의 이름을 새기고 싶을 만큼 엄청난 야심가였는지 어떤지는 모른다.

『오드 아이 키리에.』

그래도 그 '이름'과 '얼굴'이 일약 유명해진 것은 사실이었다. 젊은이들의 원한의 대상으로서….

그런 이유로 가이와 멤버들의 입장은 매우 미묘했다.

그들 입장에서 키리에는 이익을 노리고 꽁무니를 쫓아다니던 떨거지나 다름없을 뿐 함께 어울려 다닌 것도 아니고 한패라고 부를 수도 없다. 자기 과시욕은 있으나 자기 뒤처리 하나 제대로 못 하는 바보는 재앙 덩어리에 불과하다.

그러나 그들의 심정이 어떠하든, 슬럼에서는 키리에가 '바이슨'의 일원이라는 인식이 강하다. 오래전에 공중분해 되어 '그룹'다운 활동은 아무것도 하지 않았는데도 말이다.

'지크스'를 괴멸시킨 직후 그들은 고맙지만 달갑지 않은 영웅 취급을 받았다. 그러나 키리에 사건으로 그조차 실추되고 말았다.

키리에가 무슨 짓을 저질러서 치안 경찰에 쫓겼는지, 사건의 진상을 아는 자는 단 한 명도 없건만 그 책임을 '바이슨'에 전가하는 자들이 끊이지 않았다. 그들의 영향력에 휘둘리던 녀석들이 마치 손바닥을 뒤집듯이 비난을 퍼붓는 것이다. 물론 멤버들에게 정면으로 싸움을 걸어오는 배짱 있는 녀석은 아무도 없었지만.

멤버들로 말하자면 그런 주변 상황 따윈 새삼스러울 뿐이었다.

—다들 마음대로 지껄여라.

이건 뻔뻔하고 말고를 떠나 그 이전의 문제다. 그보다는 리키가 그 사건을 계기로 슬럼에서 홀연 사라져버린 쪽이 훨씬 중대한 문제였다.

가이와 멤버들은 그 자리에서 폭행당한 것뿐이지만 리키는 미다스 치안 경찰 본부에 연행되어 개인 정보를 채취당하고 블랙리스트에 올랐다고 들었기 때문이다.

그 때문에 지금 슬럼에서는 수상한 소문이 꼬리에 꼬리를 물고 종횡무진 날뛰었다. 코웃음이 절로 나는 소문부터 흘려 넘길 수 없는 소문까지, 그야말로 온갖 소문들이…

남의 불행이 꿀맛이라는 옛말은 결코 틀리지 않았다.

거짓과 진실이 뒤섞인 소문 한복판에 놓인 멤버들은 이미 질릴 대로 질려 있었다.

화를 내며 부정하면 오히려 꼬투리를 잡혀 새로운 불똥이 튀고, 묵살하면 억측에 오해까지 더해져서 소문은 걷잡을 수 없이 부풀어 올랐다.

언젠가는 아무도 진상을 모르지만 정설만이 판을 치는 괴담이 되어버릴 게 틀림없다.

그런 외야의 상황과는 별개로 가이는 멤버들에게 키리에와 관련된 사건의 전말을 털어놓았다. 일이 일이니만큼 아무리 가이라도 계속 숨길 수만은 없었다. 멤버 전원이 사건의 피해자라 해도 과언이 아니기 때문이다.

그러나 설마 키리에의 처우를 둘러싸고 요란하게 싸움을 벌인 날을 기점으로 리키가 실종될 줄은 생각지도 못했다.

거짓말.

―왜?

진짜인가.

―어째서?

대체… 어떻게 된 거지?

리키의 메일과 전화를 모조리 무시했던 것은 다름 아닌 가이다. 너무 화가 나서 부글부글 끓는 머리를 식힐 시간이 필요했다.

키리에 잘못이다.

어떤 변명을 늘어놓아도 전부 키리에의 자업자득이다.

머리로는 알고 있지만 감정이 그것을 배신했다. 스카페이스의 남자와 리키의 관계에서 뭔가 심상치 않은 것을 느꼈기 때문이다.

가이가 모르는, 리키가 말하려고 하지 않는 '공백의 3년간'.

그 무게가 단숨에 현실이 되어 덮쳐왔다. 그런 기분이 들었다.

불쾌했다.

초조했다.

참을 수 없이 화가 났다.

리키의 목소리를 들으면… 얼굴을 보면 단지 키리에 때문만이 아닌 울분까지 터져 나올 것 같았다. 감정을 제어하지 못하고 날카로운 독설을 내뱉을까 봐, 그것이 제일 무서웠다.

그 고민의 대가는 생각지도 못한 방향으로 돌아왔다. 가이는 차마 아무 말도 할 수 없었다.

설마 리키마저 그 남자에게… 그렇게 생각하면 위가 욱신욱신 아팠다.

키리에의 행방은 대외적으로는 아직 알아내지 못했다고 알려져 있다. 그 때문에 소문만 한없이 부풀어 올라 수습할 수 없게 된 것이다.

『생사를 불문하고 확실한 정보를 제공한 자에게는 돈을 지불한다, 그렇게 말하면 모두 눈에 불을 켜고 추적자가 되겠지.』

스카페이스의 남자는 그렇게 말했다. 그리고 지금 슬럼에서는 그 말이 현실이 되어가고 있었다.

케레스 자치 경찰이 그렇게 통보를 내린 것도 아닌데 키리에 사냥을 거리낌 없이 입에 담는 자가 적지 않기 때문이다.

슬럼을 위기 상황에 몰아넣은 장본인을 잡아서 두들겨 패도 조금도 양심이 아프지 않다.

그뿐인가, 단숨에 이름을 날릴 기회이기도 하다.

그런 망상이 실현될지도 모른다고 몽상하는 자들은 분명히 존재한다.

가이의 입장에서는 그야말로 스카페이스 남자의 손바닥에서 놀아나는 듯한 기분이 들어서 으드득 이를 갈고 싶은 심정이었다.

게다가 이번에는 리키까지… 그것만으로도 소문은 점점 한없이 부풀어 올랐다.

"진상은 뭐지?"

은근슬쩍 떠보는 라비의 어조는 가벼웠지만 그 눈빛은 강렬했다.

"뭐가?"

"리키는 어디까지 관련되어 있는 거지…?"

'바이슨'이 아니라 굳이 '리키'라고 강조하는 점이 정보상 라비다웠다.

어쩌면 라비의 흥미와 관심은 다른 곳에 있을지도 모르지만….

"아무 관계도 없어."

라비를 상대로 시치미를 떼거나 묵살해 봤자 피곤하기만 할 것 같아서 가이는 사실을 있는 그대로 말했다.

"정말이야?"

"믿고 말고는 네 마음이지."

한순간 침묵이 흐른 후.

"리키가 얽혀있다면 그렇게 큰 소동은 일어나지 않았겠지."

의외로 순순히 납득하는 라비를 바라보며 가이는 아주 살짝 눈을 가늘게 떴다.

"왜… 그렇게 생각하지?"

"키리에는 한마디로 리키가 다운그레이드된 버전의 모조품 같은 거잖아?"

다운그레이드된 버전의 모조품….

절묘한 표현이란 바로 이럴 때 쓰는 말일지도 모른다.

"슬럼의 잡종이 출세하는 건 입으로 말하는 것처럼 간단하지 않아. 무슨 사정이 있는지는 모르지만 리키도 결국 좌절했잖아?"

케레스는 미다스 공식 지도에서 영구 말소된 유령 자치구다. 정식 ID도 없는 슬럼의 잡종이 그곳에서 기어오르기란 불가능에 가깝다.

그래도 리키라면 기적을 일으킬 수 있지 않을까?

기대와 선망과 질투.

가슴속에 소용돌이치는 감정이 무엇이건, 그걸 꿈꿨던 자가 가이 하나만은 아니리라.

모든 사람이 리키가 좌절한 이유를 알고 싶어 했지만 그것도 이제 와서는 영원히 수수께끼가 되었다. 패배자라고 불리면서도 카리스마를 잃지 않는 리키의 존재 자체가 이질적이었다.

"운이 좋을 땐 그럭저럭 잘해나갈 수 있어도 어디선가 조금이라도 삐끗하면 단숨에 모든 게 끝장이야. 키리에는 입으로 잘난 척하는 것치고는 속이 텅텅 빈 게 눈에 훤히 보였잖아?"

아는 녀석에겐 '보이는' 법이다.

리키는 자신이 특별하다는 말은 한마디도 하지 않았지만 대신 행동으로 확실하게 보여줬다. 그게 바이슨이 약진했던 원동력이었다.

사람을 끌어당기는 매력이란 말에서 나오지 않는다. 삶의 방식에서 나오는 법이다. 리키는 보답도 찬사도 바라지 않았다.

그러나 키리에는 정반대였다.

강운과 악운은 다르다. 그것을 제대로 구분하지 못해서 결국 키리에는 파멸했다.

자기 과시욕과 야심은 있어도 무언가를 해내기 위한 신념도 자기 책임 능력도 없다. 어차피 모조품은 어디까지나 다운그레이드 버전의 모조품일 뿐, 결코 오리지널을 뛰어넘을 수 없다.

"리키는 금욕적인 카리스마, 키리에는 미움받는 나르시시스트. 결국 가장 큰 차이점은 그걸지도 몰라."

설마 라비 입에서 그런 말이 나올 줄은 생각지도 못했다.

"너, 뭔가 알고 있는 거냐?"

어쩌면 라비에게는 근거 없는 소문부터 진실의 조각까지 온갖 정보가 모여드는 것 아닐까. 그야말로 가이가 모르는 리키의 비밀까지.

"이것저것 알고 싶은 건 나도 마찬가지야. 정보는 신선도와 정확함이 생명이니까."

한쪽 뺨으로 씨익 웃는 라비가 유난히 수상해 보였다.

그가 쳐놓은 정보망은 분명 장난이 아닐 것이다.

"네가 원하는 정보가 뭔지는 모르겠지만 너만 그럴 마음이 있다면 네가 아는 사실과 교환할 수도 있어. 어때?"

'그렇게… 나오시겠다.'

역시 빈틈이 없다고 해야 하나. 이만큼 장삿속이 투철하면 폐쇄감이 가득한 슬럼에서도 지루하지는 않을 것이다.

키리에가 대체 무슨 일을 하고 있었는지 그 진상은 별개로 치더라도 가이는 당사자다. 멤버들이 모르는 사실도 알고 있다.

말할 수 있는 것.

말하고 싶지 않은 것.

엄연한 사실과.

은닉된 진실.

그걸 구분하는 기준은 세상의 상식이나 슬럼의 룰이 아니다. 가이의 마음이다.

그 정보가 돈이 된다는 발상이 가이에겐 없지만 아마 라비는 다를 것이다.

슬럼에서 정보상이라는 장사를 할 수 있는 이유는 그걸 사는 사람이 있기 때문이다.

설령 수상한 소문이라 해도 어떻게 받아들이느냐는 사람에 따라 다르다. 알고 싶은 사람이 있으니까 정보로 팔 수 있다. 그런 것이다. 가이와 멤버들이 '지크스'의 정보를 샀던 것처럼.

그렇다면 당연히 그 반대도 가능할지 모른다.

"정보를 팔기만 하는 게 아니라 사기도 하나 보지?"

"그래. 단순한 소문 정도는 근처 바만 돌아다녀도 얼마든지 주워들을 수 있지만 한없이 진상에 가까운 정보는 공짜로는 손에 넣을 수 없지. 하물며 지금 제일 떠들썩한 사건… 그것도 당사자의 이야기라면 뭐든 비싸게 쳐줘야 하지 않겠어?"

"하지만 그렇게 사들인 정보를 어떻게 팔아치울지는 순전히 네 마음… 이겠지?"

"그야 그렇지."

"비공개적인 정보도 마구 흘리나?"

"정보원은 당연히 비밀로 해주지."

라비는 냉랭하게 대답했다. 그리고 태연하게 덧붙였다.

"하지만 정보를 산 녀석이 멋대로 추측하는 것까진 책임질 수 없어."

이러니까 질이 나쁘다는 소릴 듣는 거다.

그때였다.

"이봐. 쓸데없는 잡담은 그쯤 해두고 빨리 본론으로 들어가."

슬슬 인내심이 바닥난 듯한 토르가 입술을 삐죽 내밀며 말했다.

거래 전에 나누는 가벼운 대화를 쓸데없는 잡담이라고 구박당하자 라비는 살짝 목을 움츠렸다.

"그래서? 뭘 알고 싶지?"

장사 모드로 돌아간 라비를 바라보며 가이도 나름 자세를 바로 잡았다.

"원하는 정보는 세 가지. 첫째, 미다스에서 관광객과 관련된 추돌 사고가 정말로 일어났었는지 알고 싶어. 둘째, 카체라는 이름의 왼쪽 뺨에 흉터가 있는 남자. 셋째, 네가 모르는 것까지 알고 있는… 네가 캐낼 수 없는 것까지 확실하게 캐낼 수 있는 수완 좋은 정보상은 없나? 이상이야."

라비는 잠시 침묵했다.

"너… 은근히 폭언을 퍼붓는 타입이군."

의미심장하고 신랄한 말투가 특기인 라비가 할 말은 아니었다.

"혹시 '사신'의 자존심에 상처를 입혔나?"

가이의 질문에 부정하지 않는 걸 보면 사실인가보다. 입으로는 아무 말 하지 않아도 라비의 눈빛은 몹시 흉흉했다.

그래도 '내가 최고'라고 소리 높여 주장하지 않는 것은 라비 나름대로의 고집일지도 모른다.

"한마디로 그만큼 위험한 일에 발을 들여놓았다 이거군? 물론 리키의 실종과 관련이 있겠지?"

가이는 내심 혀를 찼다.

사고파는 것은 어디까지나 정보뿐, 그 이유는 묻지 않는다. 라비는 분명 그렇게 말했다. 그런데….

라비가 그 말을 백지로 돌리고 이렇게까지 집착하는 이유는 역시 리키 때문일까?

그게 마음에 걸렸다.

"너 설마 리키한테 반했냐?"

그래서 그만 쓸데없는 말이 튀어나오고 말았다.

"뭐라고~?"

순간 라비보다 먼저 토르가 가느다란 눈썹을 치뜨며 낮게 으르렁거렸다.

'아… 그러고 보니 이 녀석이 라비의 페어링 파트너였지.'

실언이었다. 이제 와서 철회해봤자 이미 늦었지만.

'누군가의 엉덩이에 깔린 라비는 도저히 상상도 할 수 없지만 이 녀석도 무지하게 기가 세 보이는군.'

그러고 보니 토르가 유난히 리키에게 시비를 걸었던 것은 라비의 버진을 먹어치운 사람이 리키는 아닐까 의심했기 때문이라는 사실도 떠올랐다.

리키를 아는 사람이라면 농담조차 되지 못할 우스갯소리에 불과하지만 아마 라비에게는 토르가 그런 의심을 품을 만한 뭔가가 있었던 모양이다.

그 뭔가가 가디언 시절의 대립이라는 사실을 아는 자는 지극히 드물지만.

"그런 것과는 조금 달라. 말하자면 뭐, 질긴 인연 같은 거?"

온몸의 털을 곤두세우고 가이를 위협하는 토르를 달랠 생각도 않고 라비는 매우 단호하게 부정했다. 그것이 라비의 물러설 수 없는 최후의 선이라는 것이 느껴져서 가이는 뭐라 말할 수 없는 표정을 지었다.

"어설픈 연애 감정보다 악질적이군."

빈정거림이 아닌 진심이었다.

상대가 자신의 것이 되지 않을 바에야 그 상대에게서 미움을 받아도 좋다. 리키의 마음에 두 번 다시 사라지지 않을 상흔을 남기고 싶다.

리키를 향한 키리에의 뒤틀리고 비뚤어진 고백을 들은 지 얼마 지나지 않았다.

오리지널을 넘어설 수 없는 다운그레이드 버전 모조품의 딜레마일까.

"내가 '사신'이고 리키가 '바쥬라'…. 꽤 의미심장하지 않아?"

입술 끝을 올리며 라비는 엷게 웃었다.

인간의 영혼을 사냥하는 칠흑의 짐승 바쥬라.

두렵고도 매혹적인 신수(神獸)는 그 때문에 죽음의 사자라고 불리기도 한다.

"가디언 시절의 인연 때문이다, 그렇게 말하고 싶어?"

부드럽게 눈썹을 찡그리며 가이는 목소리 톤을 낮췄다.

실제로 '그때' 무슨 일이 있었는지… 가이는 모른다. 리키가 말하고 싶어 하지 않기 때문이다.

그래도 그 때문에 리키가 깊은 상처를 받았다는 것만은 알고 있었다. 가이는 그 아픔을 나눠 가질 수 없다는 점이 분했다.

"너와는 달리 나는 당사자니까."

그걸 아는지 모르는지 라비는 태연하게 가이의 신경을 건드렸다. 단순한 우월감이 아니라, 무언가 숨은 뜻을 품고.

"하루카의 망령 소동의 진상은 아직도 수수께끼야. 셰르는 죽고 융커는 실종. 남은 건 나와 리키뿐… 그런 의미에서 나한테 리키는 특별할지도 모르지."

이미 일어난 일을 없었던 척할 수는 없다.

없었던 일로 여길 수 없다면 계속 집착하는 수밖에 없다. 리키에 대한 라비의 집착은 그런 이유로 뿌리를 내리고 있는지도 모른다.

"그보다 내가 보기엔… 그런 일이 있었는데도 리키와 페어링 파트너가 되다니, 넌 진짜 굉장한 거물이야."

"그게… 무슨 뜻이지?"

"말 그대로인데?"

가디언 시절부터 자신과 리키가 '그런 관계'라는 소문이 돈 줄은 알고 있다. 사실무근이라고 주장해도 아무도 믿지 않았으리라는 것도. 그 때문에 가이는 블록 이동을 당했으니까.

시스터도 마더도 가이에게 진상을 추궁하지는 않았다. 진실이 어찌되었든 그런 소문이 퍼지는 것 자체가 큰일이라고 말했다. 그런 어른들의 논리에 가이도, 리키도 분개했던 사실이야 말할 필요도 없지만 연령에 따라 일괄 관리 양육되는 아이들에게는 아무런 권리도 없다. 아무리 부당한 일이라 해도 받아들일 수밖에 없었다.

다른 아이들은 어떤지 몰라도 적어도 리키는 가디언에 아무런 향수도 느끼지 않을 게 분명하다.

"네 집착은 아무래도 상관없지만 의뢰는 받아주겠지?"

"지불할 것만 제대로 지불해 준다면야."

정보상의 자존심을 걸고 '할 수 없다'고 하지 않는 점이 지극히 라비다웠다.

"그럼 부탁한다."

"알았어."

본론으로 들어가기 전의 가벼운 대화와 들어간 후의 여담. 그것이 평소 라비의 기본 스타일이 아니라는 사실쯤은 쉽게 알 수 있었다.

'빨리 꺼져!'

노골적으로 노려보는 토르 탓에 말이다.

가이도 딱히 라비와 옛정을 나누고 싶은 생각은 없다.

아니, 애초에 가이는 옛정 운운할 만큼 라비를 잘 알지도 못한다. 리키를 통하지 않으면 라비와는 접점조차 없다.

그 점은 라비도 마찬가지이리라.

흥미라곤 리키에 대한 것뿐. 리키와 관련된 정보에 굶주려 있기 때문에 통상적인 패턴을 무시하면서까지 말수가 많아진 것이다. 토르가 짜증을 낼 만큼….

이런 형태로 재회하지 않았더라면 과거는 계속 묻혀 있었을지도 모른다. 하지만 대화를 주고받으며 리키의 열기에 닿으면… 어쩔 수 없어진다.

가이는 그것을 잘 알고 있었다. 좋든 싫든 리키는 사람을 끌어당긴다. 누가 뭐래도 그건 사실이다.

매료되거나.

―삼켜지거나.

잡아먹히거나.

―무릎을 꿇거나.

그 결과가 사람에 따라 다를 뿐이다.

물론 리키가 갑자기 사라져서 가장 당황하고 있는 사람은 바로 자신이라는 사실쯤은 가이도 확실하게 자각하고 있었다.

3장

에오스 최상층.

13명의 블론디만이 거주할 수 있는 임페리얼 플로어의 어느 방.

그날 평소보다 매우 늦은 아침 식사를 마친 리키가 냅킨으로 입술을 닦은 순간.

"리키 님."

마치 기다렸다는 듯이 전속 퍼니처 칼이 말을 건넸다.

"주인님의 전언입니다."

"뭔데?"

같은 방에서 두 달이나 얼굴을 맞대다 보면 퉁명스러운 말투에도 적당히 익숙해지는 것일까?

"오늘 15시에 의료 센터로 오라고 하셨습니다."

그 목소리에 흔들림은 없었다.

그래도 때때로 문득 위화감이 느껴지고 만다. 전임자 다릴과 함께 방에서 보낸 일상이라는 이름의 나날이 지나치게 농밀했기 때문인지도 모른다.

"카르가에?"

"아뇨, 그쪽이 아니라 메인 블록으로 오라고 하셨습니다."

리키는 슬쩍 눈썹을 찡그렸다.

한 달에 한 번, 펫이 의무적으로 받아야 하는 의료 검진(6개월에 한 번씩 실시되는 검진이 아니라 일상적인 건강 진단)을 위해 '카르가—84'라고 불리는 시설에 다녀오라고 했다면 아무 의문도 들지 않았으리라.

"어째서?"

자기도 모르게 묻자 지극히 성실한 대답이 돌아왔다.

"이유는 듣지 못했습니다."

리키는 입을 다물며 한숨을 짓씹었다.

이 방의 주인 이아손의 명령은 간결, 명료하고 조금도 군더더기가 없다. 설령 그 명령이 아무리 부당하다 해도 펫과 퍼니처에게는 거부권조차 없다.

과거 리키는 명령에 복종하지 않을 경우 어떤 징벌을 받는지 그 공포를 뼛속까지 맛보았다. 당연히 칼에게도 그 두려움이 각인되어 있을 것이다.

그 때문일까, 리키를 바라보는 칼의 시선 가장 깊은 곳에는 두려움이 자리 잡고 있었다. 숨기려야 숨길 수 없는 '그것'은 다릴이 결코 넘어서려 하지 않았던 거리감과는 전혀 달랐으며 빠지지 않는 가시처럼 욱신욱신 아프지도 않았다. 예전과는 달리 한 번 떠났다가 다시 돌아온 리키는 자신이 이아손의 펫이라는 자각만은 넘치도록 하고 있었다.

"알았어."

"센터까지는 제가 함께하겠습니다."

즉 목줄에 리드를 달고 데려가겠다는 말이다. 그것도 의료 검진의 기본 스타일이지만.

리키가 고개를 끄덕이자 칼은 안심한 듯 작게 한숨을 내쉬었다. 이런 사소한 부분에서 리키는 그가 블론디의 퍼니처로서 아직 경험이 부족하다는 사실을 느끼곤 했다.

에오스의 퍼니처들은 모두 가디언을 졸업할 때 강제로 선발된다.

카체의 말이 사실이라면… 아니, 그 말이 진실이라는 점은 의심할 여지가 없다. 어쨌든 그렇다면 퍼니처로서 칼은 아직 2년밖에 되지 않은 신참인 셈이다.

이 방에서 처음 대면했을 때.

『다릴이라고 합니다.』

그렇게 말하며 깍듯이 허리를 굽혔던 다릴은 앳된 외모와는 달리 이미 노숙한 차분함을 지니고 있었다. 블론디가 퍼니처를 선정하는 기준이 무엇인지는 몰라도 칼은 아직 모든 면에서 미숙했다.

바꿔 말하자면 리키가 그만큼 나이를 먹었다는 뜻이지만, 몇 년이 지나도 리키가 에오스의 유일한 이단이라는 사실만은 변함이 없었다.

완전히 익숙해졌다고는 농담으로도 말하고 싶지 않지만 리키가 검은 가죽 목줄에 리드를 매단 스타일로 펫들의 사교장인 에오스 별관으로 걸어오는 동안 스쳐 지나가는 펫들이 혐오로 가득 찬 호기심의 시선을 던지는 일은 이제 새삼스럽지 않았다.

의료 센터와 사교장은 나란히 붙어있기 때문에 정기 검진을 받으러 온 펫이 목줄에 리드를 맨 장면은 그리 보기 드물지 않다. 다만 스무 살이 넘은 수컷 펫—리키의 존재 자체가 이질적일 뿐이다.

하지만 1년 반의 공백이 있어도 의료 센터로 가는 길은 퍼니처보다 펫이 더욱 잘 알고 있다. 말하자면 통상적으로는 있을 수 없는 역전구도인 셈이다. 리드 끝을 쥔 칼이 오히려 뻣뻣하게 긴장하고 있음이 뻔히 보였다.

떠났다 다시 돌아온 벌칙으로 한 달 동안 구경거리가 됐을 때에도 리키는 유난히 당당하고 능숙한 발걸음으로 퍼니처를 끌고 다니며 특이한 펫과 퍼니처로 살짝 구설에 올랐다. 사실 퍼니처가 된 후 처음으로 시중을 맡게 된 펫이 에오스에서 가장 비상식적인 존재라니 그에게는 생각지도 못한 시련이었을 터다.

하지만 정기 검진이 아니라 의료 센터 메인 블록에 발을 들여놓는 경험은 리키도 처음이었다.

메인 로비에서 목줄과 리드가 풀리고 리키만 인간형 의료 안드로이드를 따라 엘리베이터에 올라탔다.

'대체 뭐지?'

이아손의 행동의 이유를 새삼 알고 싶어 해봤자 소용없다고 반쯤 포기하고 있지만 괜한 허세나 유흥을 위해서 이런 곳으로 불러낼 리 없음을 알고 있는 만큼 리키도 긴장을 감출 수 없었다.

룸 넘버 'RS—35'.

슬라이드로 된 문이 열려 한 걸음 안으로 들어갔다.

순간.

"……!"

리키는 저도 모르게 숨을 삼켰다.

방 중앙에는 긴 다리가 거추장스러운 듯 소파에 깊숙이 등을 묻고 앉은 이아손이 있었다.

그 옆에 앉아있는 것은 블론디 정복을 러프하게, 그것도 매우 개성적으로 소화해내고 있는 라울이 있었다.

그것만으로도 톤이 다른 위광이 실내를 압도했다.

그러나 리키가 굳은 얼굴로 멍하니 눈을 크게 뜬 이유는 그 때문만은 아니었다. 그곳에서 이곳과는 너무나도 어울리지 않는… 아니, 상식적으로 생각해볼 때 '말도 안 돼'라고 생각할 수밖에 없는 인물의 얼굴을 발견했기 때문이다.

'왜… 키리에가?'

경악으로 크게 뜬 시야 속에 키리에가 있었다. 가이와의 사이가 결정적으로 틀어지고 본의 아니게 균열과 씁쓸한 뒷맛을 남긴 채 헤어지게 된 원흉이.

여기는 슬럼도 미다스도 아닌 에오스다.

그런데 어째서?

미다스에서 관광객까지 말려든 에어카 폭주 사고.

현상금 타깃.

가디언과 관련된 비밀.

미다스 치안 경찰이 경계선을 넘어 슬럼으로 쳐들어온 이유.

의미심장하게 그 이야기를 꺼내며 키리에가 있는 곳을 실토하게 하려고 했던 사람은 다름 아닌 카체였다.

그중 무엇이 현실이고 무엇이 거짓일까…. 리키는 알 수 없다. 그 사실을 확인할 방법조차 없다.

하지만 키리에가 카체에게 신변을 구속당한 것만은 사실이다. 그래서 그 후로 키리에에 대해서는 까맣게 잊어버리고 있었다. 키리에가 어떻게 되든 흥미도 관심도 없었기 때문이다.

그런데 어째서?

한순간 리키는 당혹했다.

거짓말?

—진짜일까?

왜?

—어째서?

의문 부호만이 머릿속을 맴돌았다. 두근두근 빠르게 뛰는 고동과 겹치듯이.

그런 리키의 혼란과 동요를 꿰뚫어 보았다는 듯이 라울이 말했다.

"계속 그런 곳에 서 있지 말고 소파에 앉지그래?"

그답지 않게 어렴풋이 소리 없는 미소를 지으며.

미메아와 그런 일이 있은 후로… 아니, 그 전부터 라울이 자신을 끔찍하게 싫어한다는 사실을 자각하고 있는 리키는 입을 다문 채 아무 말도 하지 않는 이아손 이상으로 지나치게 친절한 라울의 태도에 위화감을 느끼지 않을 수 없었다.

조건 반사적으로 물끄러미 라울을 노려보며 리키는 퉁명스럽게 벽에 기대어 섰다.

'웃기지 마.'

에오스로 다시 돌아왔다 해서 키리에에 대한 원한과 분노가 사라지지는 않았다. 이게 대체 무슨 장난질인지는 모르지만 리키는 호락호락 그 장난에 놀아나 줄 생각이 없었다.

그런 리키의 태도까지 예측했는지 라울이 입가에 미소를 지었다.

모든 것을 꿰뚫어 보는 듯해서 기분이 나빴다. 치밀어 오르는 울화를 리키는 아예 감추려고 하지도 않았다.

뻔하고도 뒤틀린 침묵이 흘렀다.

그러던 중 리키는 문득 기묘한 사실을 깨달았다.

저 녀석은 키리에다.

자기주장이 강한, 아니, 자기 과시욕의 화신이라고도 할 수 있는 '키리에'가 리키를 앞에 두고도 표정 하나 변하지 않고 얌전히 소파에 앉아서 무릎을 가지런히 모으고 있었다. 너무나 녀석답지 않았다.

'…뭐지?'

조금 전까지의 불쾌감에 새로운 의문이 뒤섞였다. 리키는 슬쩍 눈을 치떴다.

그때였다.

문득 키리에가 싱긋 웃었다.

순간….

리키는 느닷없이 뒤통수를 세차게 얻어맞은 듯한 기분으로 두 눈을 크게 떴다.

사람을 사람으로 생각하지 않는, 자신이 출세하기 위해서는 뭐든지 이용할 거라고 지껄여대던, 오만불손한 키리에가 꽃이 무색할 정도로 화사하게 미소를 지으며 천천히 일어섰다.

이런 키리에는—모른다.

저건 키리에가 맞지만, 키리에가 아니다. 문득 그런 기분이 들었다.

만면에 띤 미소는 어째서인지 독을 품은 달콤함을 연상시켰다. 자극적인 도발로 가득했던 오드 아이조차 지금은 끈적끈적하게 젖어 있었다.

'뭐… 지? 이 녀석…'

오싹할 정도로 관능미를 풍기며 키리에가 천천히 다가왔다.

'소름 끼쳐.'

그런데도 움직일 수 없었다. 등 뒤에 벽이 있기 때문이 아니라… 뭐라 말할 수 없는 경악과 생리적 혐오에 가까운 동요가 치밀어서 시선을 돌리는 행동조차 불가능했다.

키리에의 눈이.

팔이.

다리가.

숨결… 이.

리키의 이성과 자제심을 무너뜨릴 정도로 요염하고 끈적하게 감겨왔다.

"……!"

리키는 자기도 모르게 숨을 죽이며 굳어버렸다.

키리에의 피부에서 피어오르는 달콤한 독은 뭘까….

한순간 아찔하게 현기증이 났다.

순간.

거의 충동적으로 다리 사이가 욱신거렸다.

'…거짓말.'

당황으로 뺨에 홍조가 번지고 고동이 목구멍까지 치밀어 올랐다. 가슴과 배와 허리가 밀착된 채 리키는 도망칠 곳을 잃고 벽에 등을 댔다.

동시에 밀려오는 관능의 뜨거운 파도를 잡아 찢는 듯한 뜨거운 아픔이 다리 사이를 직격했다.

"흐윽…!"

요도에 뜨겁게 달군 바늘을 찔러 넣은 듯한 격통이 일었다.

순간—리키는 숨을 죽이며 키리에를 밀쳐내듯 거칠게 몸을 뒤틀었다.

"크윽… 우우우…."

그리고 다리 사이를 움켜쥐며 그 자리에 주저앉았다.

그런 리키를 키리에는 멍하니 내려다보았다. 리키에게 난폭하게 거부당하는 바람에 사고 회로 스위치가 툭 끊겨버리기라도 한 양 어딘가 텅 빈 눈을 하고 있었다.

주르륵 흘러나온 식은땀이 리키의 목덜미를 적셨다. 새까만 머리카락이 이마에 달라붙었다. 웅크린 채 신음을 죽이는 리키를 한동안 바라보던 라울이 말했다.

"그쯤 해두지그래."

리키를 궁지에서 구해주는 사람의 목소리치고는 턱없이 차분했다.

"아직 키스도 안 했는데."

"절조 없는 짓을 하면 어떻게 되는지… 가르쳤을 뿐이다."

이아손은 태연하게 내뱉으며 왼쪽 중지에 낀 반지를 살짝 만지작거렸다.

리키의 성기에 끼워진 펫 링(조교용으로 제작한 D타입 특별주문품)과 직통으로 연결된 컨트롤러는 다양한 펄스를 방출한다.

그럴 마음만 먹으면 리키를 한없이 괴롭힐 수도 있고 순식간에 기절시킬 수도 있는 반지가 이아손의 손가락에서 존재감을 과시했다.

리키는 어깨를 들썩이며 거친 숨을 몰아쉬었다. 고막을 찢을 듯한 이명은 아직 그치지 않았다. 펫 링이 순수한 아픔만을 줄 목적으로 사용된 것은 꽤나 오랜만이다.

"어쨌든 개선할 여지는 있지만 테스트는 일단 합격인 것 같군. 악연으로 얽힌 자네 펫으로 하여금 그럴 기분이 들게 만들 정도니까 말이야."

저속한 빈정거림과는 거리가 먼 어조에 이아손은 냉랭한 침묵으로 대답했다.

"그렇게 무서운 얼굴로 노려보지 마. 이게 처음이자 마지막이잖아? 나도 알고 있어."

라울은 미안한 기색도 없이 말했다. 이아손이 무슨 말을 하려는 것인지 충분히 알고 있는 모양이었다.

"키리에."

라울이 채찍처럼 날카로운 목소리로 키리에의 이름을 불렀다.

순간 또다시 어딘가의 스위치가 켜졌는지 키리에는 순식간에 눈을 뜨고 뻣뻣하게 발걸음을 돌렸다.

라울이 그 어깨를 끌어안고 키리에와 함께 방에서 나가는 모습을 리키는 물끄러미 응시했다.

그리고 두 사람의 뒷모습이 완전히 시야에서 사라진 후.

"키리에를 섹스 돌로 만들어서 어쩔 셈이지? 어느 색골 영감한테 안겨주고 밀약이라도 맺으려는 거야?"

리키는 한껏 빈정거림을 담아 말했다.

무엇 때문에?

그런 건 아무래도 상관없었다.

키리에에 대한 혐오와 분노가 동정으로 변한 것도 아니다.

리키는 그저 미메아 문제로 아직 깊은 원한을 갖고 있을 라울이 앙갚음을 하듯 자신을 실험대로 삼은 점을 참을 수 없었던 것뿐이다. 게다가 그걸 알면서도 이곳으로 부른 듯한 이아손의 엉뚱한 화풀이까지. 그걸 생각하면 오랜만에 머릿속이 부글부글 끓어오르는 기분이었다.

"좌우의 색이 다른 오드 아이는 천연 헤테로 크로미아(홍채 이색증)다. 그냥 처리해버리긴 아깝지 않나?"

지극히 담담하게 말하는 이아손은 키리에와 관련된 사건의 전말마저도 리키에게 들려줄 생각이 없는 듯했다.

리키 또한 이제 와서 그런 걸 알고 싶지도 않지만.

보고 듣고 알게 되면 그만큼 책임이 필요하다.

키리에가 저지른 짓에 대한 대가가 방금 전의 '그것'이라면 리키에게 반대할 생각 따위는 조금도 없었다. 자신이 저지른 짓의 책임이 어떤 형태로 상쇄되건 자업자득에 불과하니까.

무지함이 일상의 평온을 약속한다면 사실은 은폐되어도 상관없다. 좋건 싫건 리키에게는 그것이 진실이었다.

"색욕으로 똘똘 뭉친 자들은 순종적이고 젊은 육체에 굶주려있지. 게다가 뒤탈 없는 상등품에. 저 녀석은 잘 갈고 닦으면 나름대로 쓸 만한 장난감이 될 거야."

눈썹 하나, 아니, 목소리 톤조차 바꾸지 않고 이아손은 아무렇지도 않게 말했다.

에오스의 일상에서 이아손이 무시무시하게 긍지가 높은 주인이라는 점 이외의 면모는 좀처럼 보여준 적이 없다.

『그 무서움은 뼛속까지 새겨져 있다.』

그렇지만 카체의 입에서 그런 말이 나오게 한 이아손의 진면목을 리키는 새삼 의식하고 말았다.

"그보다 리키, 네게 보여주고 싶은 게 있다."

그렇게 말하며 이아손은 버추얼스크린의 스위치를 켰다.

"키리에의 기억을 재생해봤더니 실로 흥미로운 게 나오더군."

특화된 뇌만이 생체 기관인, 말하자면 불로불사의 인공체인 이아손에게 인간, 아니 슬럼의 잡종 따위 단순한 모르모트 이하로 취급하는 듯한 말투였다.

새삼 그 사실에 화가 날 만큼 리키도 애송이는 아니지만, 어쩌면 키리에가 악몽에 시달렸던 원흉일지도 모른다고 생각하면 조건 반사적으로 마른침을 삼킬 수밖에 없었다.

그러나 반쯤 숨을 죽이고 스크린을 응시하던 리키에게 그것은 전혀 예상치 못한 치정─남자들의 농밀한 정사 장면이었다.

한순간 멍하니 숨을 삼켰다.

다음 순간에는 구역질이 날 만큼 역겨움을 느끼며 리키의 시선이 싸늘해졌다.

'키리에가 누구와 섹스를 하건 내가 알 게 뭐야!'

그곳에 비친 장면이 카체가 말한 욕심을 부렸던 증거인 듯했다.

『가디언의 도련님을 유혹해서 잠자리에서 쓸 만한 정보라도 캐내려고.』

타인의 정사 따위에는 털끝만큼도 관심이 없는 리키는 불쾌한 기분으로 눈을 돌리려다가 문득 그대로 얼어붙었다.

버추얼 스크린에서 생생하게 서로를 탐하고 있는 두 남자.

그곳에서 놀랍게도 자신의 얼굴을 발견한 리키는 이번에야말로 경악으로 눈을 크게 뜨며 할 말을 잃었다.

'거… 짓말…'

두근, 심장이 세차게 뛰었다.

'…아… 니야.'

꿀꺽, 목이 울렸다.

고환을 거칠게 주무르는 손길에 하반신을 경련하며 몸부림치는 검은 머리 남자. 그는 분명 '리키'였다.

땀에 젖은 피부에 달라붙은 검은 머리가 흐트러지고.

뾰족하게 일어선 젖꼭지가 새빨갛게 물들고.

배에 닿을 정도로 휘어진 성기는 음란하게 번들거리고.

요도구에서 흥건하게 흘러내린 쿠퍼액으로 음모까지 축축하게 젖어 있었다.

두근두근 빠르게 뛰는 심장이 입에서 튀어나올 것만 같은 착각에 아찔하게 현기증이 났다.

만약 상대가 키리에가 아니었다면. 하반신을 얽으며 등에 손톱을 세우고 있는 상대가 가이였다면.

대체 어디서 이런 장면을 몰래 촬영했냐고 분개했을지도 모른다.

한없이 현실감 넘치고 생생한 저 모습이 틀림없는 자신의 정사 장면이라고 착각했을지도 모른다.

하지만 아니다.

이건 자신이 아니다.

딱딱하게 굳은 뺨이 움찔움찔 경련하고 새파랗게 질린 입술은 떨림이 멈추지 않았다.

기억에 없는 음란한 광경에 리키는 창백하게 질리고 말았다.

"아… 니야, 내가… 아니야… 내가 아니야!"

번들거리는 흉기 같은 성기로 애널을 깊숙이 꿰뚫려 다리를 비틀고 허리를 뒤틀며 미친 듯이 몸부림치는 '리키'를 바라보며 리키는 떨리는 목소리로 외쳤다.

"키리에는 기억 재생 중에 몇 번이나 사정을 했다. 단 한 번도 직접 건드리지 않았는데 말이지."

전혀 기억에 없는 미친 짓이라는 걸 알면서도 리키는 스크린 속의 음란한 자신을 억지로 마주하고 있는 듯한 기분이 들었다.

그래서 리키는 눈에 핏발을 세우며 고함칠 수밖에 없었다.

"아니야. 거짓말. 내가 아니야!"

마지막 말은 거의 절규에 가까웠다.

순간.

영상이 뚝 끊겼다.

"나는 키리에와 섹스한 적 없어!"

하지도 않은 짓을 했다고 오해받기는 싫었다.

키리에뿐만이 아니다. 결국 가이와도… 원래대로 돌아가지 못했다.

리키를 옭아매는 것은 아무것도 없다.

—그렇게 생각했다.

잃어버린 3년간을 되찾는다.

—그럴 생각이었다.

그러나 슬럼으로 돌아온 후에도 누구와도 섹스할 수 없었다. 빗장이 풀리는 게 무서워서….

음란한 펫으로 길들여진 3년간. 그 본성이 드러날까 두려워서 자위조차 제대로 하지 않았다.

그러나.

그날 밤.

이아손의 목소리를 듣고, 그 눈빛에 꿰뚫려 리키의 이성도 자제심도 와르르 무너져 내리고 말았다.

"내가 아니야!"

리키는 필사적으로 내뱉었다.

하지도 않은 짓을 인정할 수는 없다. 고집을 피우는 게 아니라, 리키에게는 현실적이고도 절실한 이유가 있기 때문이었다. 미메아와의 과거가 머릿속을 스쳐 지나가며 두 번 다시 같은 전철을 밟고 싶지 않다는 현실이….

이아손은 모두 꿰뚫어 보았다는 듯이 냉소를 지었다.

"비슷한 전적이 있어서 그런지 필사적이구나, 리키. 아니면 좀 전의 징벌이 어지간히 효과적이었던 모양이지?"

리키는 아무 대답도 못 하고 입술을 깨물었다.

그래도 눈은 피하지 않았다. 여기서 시선을 떨구면 자신의 정당성을 포기하는 듯한 기분이 들기 때문이었다.

"난 한 적 없어."

마치 똑같은 말밖에 할 줄 모르는 사람처럼 그 말을 되풀이할 수밖에 없었다.

"저건 다 가짜야."

저게 키리에의 머릿속에서 재생된 기억이라면 녀석의 머리가 이상한 거다.

악몽에 시달려 뭐가 현실이고 뭐가 가상인지 구분할 수 없게 된 것이 분명하다.

그것만은 틀림없다.

카체의 정보가 사실이라면 키리에의 상대는 가디언 소장의 아들이어야 하기 때문이다.

"키리에는 어지간히 너와 하고 싶었던 모양이군. 저런 망상에 빠질 정도로."

"망상?"

"그래."

버추얼스크린을 닫고 이아손은 천천히 다리를 바꿔 꼬았다.

"키리에는 체포될 때 반 광란 상태였다. 그래서 정신안정제를 대량 투여했지."

거짓말.

리키의 집으로 숨어들어온 시점에서 이미 키리에는 반쯤 망가져 있었다. 그래도 오직 자신의 안위를 지키기 위해서 수단을 가리지 않았던 것뿐. 제정신과 광기의 틈새에서도 죽고 싶지 않다는 본능이 앞섰다. 마지막의 마지막까지 키리에는 극도의 이기주의자였다.

"인간의 뇌란 이상한 작용을 하는 법이지. 떠올리고 싶지 않은 것을 억지로 떠올리게 만들면 있지도 않은 가상 세계를 구축하는 모양이야."

"그게 저거란 말이… 야?"

"그래. 너와의 망상 섹스로 도피하는 게 어지간히 기분이 좋은지 거기서 끌어내기란 쉬운 일이 아니었다."

이아손에게도 그것은 그저 매우 불쾌한 일이었던 걸까. 아니면 떠올리기만 해도 혐오감이 느껴지는 걸까. 보기 드물게 미간에 주름이 새겨져 있었다.

그 이상으로 리키는 분노의 극에 달했다.

그날.

잘라내려 해도 잘리지 않는 과거와는 또 다른 인과율이라고밖에 생각할 수 없는 운명의 밤.

미다스의 DM에게 실컷 괴롭힘을 당하고, 비틀거리며 쏟아지는 빗속에서 욱신거리는 몸을 끌고 집으로 돌아오자 어째서인지… 키리에가 옷장 안에 숨어 있었다.

심상치 않은 겁에 질린 눈으로.

『살려줘어어어.』

—매달리고.

『당신을 좋아해.』

질 나쁜 농담이라고밖에 생각할 수 없는 고백에 있는 힘껏 뺨을 갈겼다.

심지어.

『무시당하는 것보다 미움을 받는 게 백배 나아.』

뻔뻔스럽게도 멋대로 그런 말을 지껄였다.

그 뒤에서 키리에가 저런 망상을 품고 있었다고 생각하니 묘하게 참을 수 없… 아니, 역겹기 짝이 없었다.

아무 모럴도 없이 자유로운 섹스가 슬럼의 기본이지만 약육강식이라는 암묵적인 법칙이 공공연히 통용되는 것 또한 사실이다.

강간도 윤간도 난교도, 섹스와 관련된 말썽은 드물지 않은 일상이다.

만약 키리에가 맨정신으로 그런 말을 지껄이며 다가왔다면 리키는 묵살하는 대신, 즉각 때려눕혔을 것이다.

좋고 싫고 이전의 문제다.

루크에게 '지골로'로 승부하자는 도전을 받아도 혐오감은 들지 않았지만 키리에는 다르다. 이성보다 걱정이 먼저 느껴진다.

하지만 망상까지는 막을 수 없다.

그것이 이런 형태로 눈앞에서 펼쳐지자 분노 이상으로 생리적인 혐오감이 들었다. 리키는 이를 악물었다. 섹스조차 출세 수단으로 삼는 키리에와는 너무나도 어울리지 않는 짓거리였기 때문이다.

"처음부터… 알고 있었어? 저게 키리에의 망상이라는 걸."

자기도 모르게 물으면서도 소름이 끼쳤다.

적어도 미메아와 사고를 쳤을 때에는 하고 있는 도중에 들킨 것은 아니었다. 그런데도 그 징벌은 몸과 마음이 피폐해질 대로 피폐해질 만큼 가차 없었다.

그렇다면 설령 망상이라 해도 리얼하게 그 모습을 본 듯한 이아손의 반응은 어땠을까. 그걸 생각하면 저도 모르게 등줄기가 얼어붙는 기분이었다.

"저걸 실시간으로 봤을 때에는 그야말로 목을 졸라 죽여 버리고 싶은 심정이었다만."

지극히 담담하게 흘러나온 이아손의 섬뜩한 말에 리키는 가슴이 철렁 내려앉았다.

목 졸라 죽여?

누구를?

키리에를?

아니면 자신을?

"하지만 곧 네가 아니라는 걸 알았다."

어떻게?

아무 말 없이 눈으로 묻자 이아손은 입꼬리를 살짝 올리며 말했다.

"교성을 지르는 것도, 성기가 휘어지는 모양도, 사정할 때의 표정도 전혀 다르니까."

순간 리키의 심장은 다른 의미로 두근두근 세차게 뛰었다.

'…이 자식.'

수치심인지 분노인지 알 수 없는 것이 목구멍으로 치밀었다.

"그럼 왜 굳이 저렇게 역겨운 걸 나한테 보여준 거지?"

"너에게 자각시켜주기 위해서지."

"자각…?"

"두 번은 없다는 걸."

리키는 눈을 크게 떴다. 그 말보다 눈빛에 꿰뚫린 듯한 기분이 들었다.

"기억하고 있나? 전에 내가 했던 말을."

"무슨 말?"

"별관에서 지켜야 할 규칙."

펫의 사교장인 별관에서는 웬만한 일은 너그럽게 봐준다.

하지만 이아손이 말한 '규칙'은 그것과는 다른 것이다. 물론 잊지 않았다.

"선을 넘지 마라. 맞지?"

"그래."

"밖으로 새어나갈 만한 스캔들은 엄금. 원흉이 누구건 변명은 일절 듣지 않겠다. 즉각 출입금지―라고 했던가?"

"알면 됐다."

지금 자신에게 쓸데없는 싸움을 걸어올 녀석은 아마 없겠지만 그래도 리키가 에오스에서 유일하게 이질적인 존재인 이상 '걸어다니는 트러블메이커'라는 악명은 사라지지 않는 모양이다.

"그래서? 나는 어떻게 하면 되지? 이제 볼일은 끝난 거 아냐? 칼에게 데리러 오라고 할까?"

"걱정 마라. 내가 방까지 데리고 가주마."

"목줄을 달고?"

"물론이지."

그래서야 또 쓸데없이 나쁜 의미로 눈에 띄겠지만 이아손은 분명 신경조차 쓰지 않으리라. 속으로 무거운 한숨을 쉬며 리키는 살짝 시선을 떨궜다.

4장

에오스 별관.

리키가 자기(磁氣) 엘리베이터에서 내려 펫들을 위한 사교장에 나타나자 떠들썩하던 소음이 한순간 정적에 감싸였다.

—그 녀석이다.

—리키다.

—슬럼의….

—잡종.

수군수군 속삭이는 말소리에는 일그러진 질투가 담겨 있었다.

—정말 싫다.

—저건…

—거짓말이지?

—어떻게 된 거지?

리키의 살갗에 새겨진 키스 마크를 재빨리 발견한 그들은 곧 사납게 눈을 치떴다.

—왜?

—어째서?

—말도 안 돼.

—믿을 수 없어.

데뷔 파티 이후 단 한 번도 교미 파티에 참석한 적 없는 잡종이 주인에게 안기고 있다는 소문이, 말도 안 되는 현실이 결코 과장된 거짓말이나 헛소문이 아닌 사실이라는 것을 그들은 깨달았다.

—잡종 주제에.

—건방져.

—슬럼의 잡종 주제에….

—너무 이상하잖아.

—어째서?

—왜 저런 쓰레기만 특별 취급받는 거지?

모두가 질투로 이를 갈았다.

리키에게는 그조차 익숙한 광경이었지만. 미성숙한 펫들이 끊임없이 순환하는 에오스에서 그 충격은 끊임없이 반복될 뿐 결코 멈추지 않는다.

리키의 진면목을 알지 못하는 자들에게 리키의 존재는 자신들의 정체성을 위협하는 악질적인 바이러스로밖에 보이지 않는 것이다.

구경거리가 되기 싫어서 방에 틀어박혀 하는 일 없이 시간을 죽였지만 리키에게는 결국 그것도 일주일이 한계였다.

좁고 낡고 지저분한 데다 방범에도 신경을 곤두세워야 하는 슬럼의 컴파트먼트에 비하면—아니, 비교하는 것 자체가 우스꽝스럽긴 하지만.

넓고 깨끗하고 청결할 뿐만 아니라 매일 하루 세 끼 호화스러운 식사가 제공되는, 아무 부족함 없는 에오스가 훨씬 갑갑하고 숨이 막혔다.

그것은 돌아온 후에도 변함없는 현실이었다.

슬럼에서는 전부 자기 자신의 책임이다. 썩어 문드러진 자유라도 선택을 할 수 있지만 이곳 에오스에서는 주어진 것을 받아들일 뿐 뭔가를 선택할 자유도 없거니와 거절할 권리도 없다.

뒤집어 말하자면 싫으면 '싫다'고 언성을 높이거나 하고 싶지 않은 일을 '거부'할 수 있고, 설령 이루어지지 않더라도 솔직한 감정을 발산할 수 있는 리키는 다른 펫에 비해 축복받은 처지라고 말할 수도 있다. 단 하나, 이 상황을 스스로 원한 적 없다는 사실만 제외하면. 물론 주인 이아손에게 그것을 허용할 만한 도량이 있어야 한다는 점이 필수 조건이다.

그래도 1년 반의 공백이 에오스 역사상 최초의 '최악의 흉악한 트러블메이커'라고 불렸던 리키에게 심경의 변화를 불러온 것은 사실이다. 아니, 변화라고 하기 우스울 정도로 미미하기는 했지만.

예전에는 자신의 문제만으로도 벅차서 주위를 둘러보기는커녕 자신의 발치마저 보지 못했다. 하지만 슬럼에서 보낸 1년 반 동안 리키는 자신이 몰랐던, 알려고도 하지 않았던 에오스를 다른 각도로 인식할 수 있게 되었다.

아니…, '그렇게 될 수밖에 없었다'는 게 더 정확한 표현일까. 그게 좋은 건지 나쁜 건지는 차치하더라도 말이다.

그러니까 마음의 여유가 아닌 미미한 심경의 변화다.

살갗에 달라붙는 성가신 시선을 '귀찮다'는 한마디로 시야에서 잘라내는 것에는 아무런 망설임이 없었다. 하지만 소동이 일어날

줄 알면서도 일부러 피하지 않았던 길을, 지금은 순순히 돌아갈 마음이 들었다.

이아손은 그 점이 '대단한 발전'이라며 빈정거렸지만 쓸데없이 싸움을 걸며 돌아다니는 것은 리키로써도 원하는 바가 아니었다. 보란 듯이 벌칙을 들먹거리는 것도.

리키에게 그럴 생각이 없어도 주위에서 멋대로 과잉 반응을 일으키는 것뿐, 결과를 일일이 자신의 탓으로 돌리는 건 참을 수 없다. 리키가 침을 튀기며 정당성을 주장해봤자 단 한 번도 통용된 적은 없지만.

그런데도 돌아오자마자 이아손은 그렇게 못을 박았다.

다시 돌아온 이상 머리가 그 정도는 돌아갈 거라고—말이 아닌 눈빛과 태도로 그렇게 말하는 듯한 기분이 들었다.

그게 더욱 화가 났다.

별것 아닌 사소한 말에도 구석구석 숨겨진 의미가 있다.

그런 속뜻을 읽으려고 해봤자 소용없다고 생각하면서도 이아손의 말이 묘하게 귀에서 떠나지 않았다. 그게 각인된 조건 반사라고는 오기를 부려서라도 인정하고 싶지 않지만. 나이를 먹은 만큼 다른 펫들과 같은 수준으로 싸울 기분이 들지 않는 것만은 사실이다.

그 때문에 말썽을 피해 다닐 기분이 든 것은 아니지만, 남에게 부탁한 적도 없는데 스캔들의 표적이 되는 일은 정말 지긋지긋했다.

끈적끈적하게 감겨드는 시선은 끊이지 않았다. 그 시선들을 단호하게 잘라내며 리키는 목적지까지 걸었다.

———※———

 그 층에는 식물원이 있다.

 아담한 온실 수준이 아니라 한 층을 통째로 할애하여 만들어진 그곳은 매우 넓고 제법 볼만한 곳이었다.

 초록색 나무들과 색색의 꽃들에는 마음을 치유해주는 효과가 있고, 쏟아지는 마이너스 이온이 몸과 마음을 윤택하게 해준다. 글을 읽는 능력이 필요 없는 펫들의 정서 교육에는 반드시 필요한 프로그램이다.

 그곳은 누구나 자유롭게 출입할 수 있지만 식물원에 가려면 센서식 자동문과 터치식 슬라이드 문 사이에 있는 멸균 샤워 통로를 지나야 한다.

 이중으로 잠긴 방에는 어떤 유기물도 밖으로 가지고 나갈 수 없도록 바이오센서도 완비되어 있다. 귀여우니까, 예쁘니까… 그런 이유로 자칫 실수하지 않도록 미연에 방지하기 위해서다.

 새삼 플레이 랜드에서 유치한 게임을 할 생각 따윈 없는 리키는 본격적인 운동을 체험할 수 있는 트레이닝 룸에서 땀을 흘리는 날 외에는 이곳에서 몇 시간을 보냈다. 마냥 시간을 때우기 위해서만은 아니다.

 식물원은 작지만 연못과 개울이 있고 작은 새와 손바닥만 한 조그만 동물들도 사육되고 있다. 그 모습을 느긋하게 바라보기만 해도 지루하지 않았다.

이곳에 올 때는 언제나 메모리스틱에 다운로드한 식물도감을 갖고 온다. 마음이 내키면 그걸로 꽃 이름을 조사하기도 한다. 기왕이면 전자책 말고 다양하게 활용할 수 있는 EL 단말기를 갖고 싶지만 부탁해봤자 손에 들어올 가능성은 전무하다. 리키에게는 이미 필수품인 전자책조차 펫에게는 주제넘다는 이유로 좀처럼 허가가 떨어지지 않았다. 특례를 인정해주면 끝이 없다… 는 이유 때문이라고 하지만 밑져야 본전인 셈 치고 끈질기게 요구한 보람은 있다는 것이 리키의 솔직한 심정이었다.

이 식물원을 가르쳐준 사람은 미메아였다.

『남자애들한테는 게임 랜드가 더 인기 있지만 난 여기가 제일 좋아.』

가장 마음에 든다고 말했던 꽃의 이름도 지금은… 안다.

클라리사 멜로우 라비니아.

꽃잎이 일곱 가지 색깔로 그라데이션 되는 화려한 꽃이다.

『어때? 예쁘지?』

꽃 따윈 눈곱만큼도 관심이 없었던 리키에게는 그저 눈이 아프다는 인상뿐이었다.

애초에 슬럼에 꽃 따위는 없다. …아마도.

꽃을 사랑해도 배는 부르지 않다. 먹을 수 없는 것을 황홀하게 바라보아봤자 아무짝에도 소용이 없다. 그래서 슬럼에 꽃 따위는 필요 없다.

그렇게 살벌한 논리가 태연하게 통용되는 곳이 바로 슬럼이다.

『이곳에 있는 꽃들이 어떤 이름인지 알 수 있다면 굉장히 멋지지 않을까?』

눈을 반짝반짝 빛내며 천진난만하게 말하던 미메아는 이제 없다.

『다들 한통속이 되어서 나와 널 갈라놓으려고 하는 거야.』

빛바래지 않는 선명한 기억과 괴로운 고통 그리고 내장이 욱신거리는 듯한 회한을 남기고 그녀는 사라졌다. 리키 앞에서 영원히.

'그 후' 미메아가 어떻게 되었는지 리키는 모른다. 한 달간의 근신이라는 징벌이 끝났을 때 이미 미메아의 모습은 어디에도 없었다. 온갖 추측으로 부풀린 소문만을 남겨놓고….

이 식물원에 오면 필연적으로 미메아가 떠오른다. 당시의 어리석은 자신에 대한 자조, 그리고 사라지지 않는 후회와 함께.

따끔따끔.

욱신욱신.

과거가 욱신거린다.

자조와 자학의 경계선.

그 아픔을 잊지 않기 위해서 어쩌면 자신의 발걸음은 자연스레 이곳으로 향하는 게 아닐까, 그런 착각마저 들었다.

그렇게 해서 어두운 죄악감을 덮어버리는 것이다. 이미 일어난 일을 없었던 걸로 할 수 없다는 사실을 잘 알면서도.

전자책을 한 손에 들고 돌아다니는 리키를 먼저 온 펫들이 미움이 담긴 시선으로 노려보았다. 자신들의 오아시스 구역을 슬럼의 잡종이 더럽히고 있다─그렇게 말하고 싶다는 듯이.

그마저도 리키의 시야에는 들어오지 않았다. 그런 태도가 아니꼽고 오만불손해 보인다 해도, 그게 어떤 식으로 부풀려져서 소문이 퍼진다 해도, 지금 리키에게는 아무래도 상관없는 일이었다.

그때.

"…저어."

등 뒤에서 어딘가 망설이는 듯한 목소리가 들려왔다.

아니, 그런 기분이 들었지만 리키는 무시했다.

실은… 전자책에 내장된 디지털카메라로 찍은 꽃의 이름을 검색하는 데 집중하고 있어서 뒤돌아보고 확인할 생각조차 들지 않았다.

그러자.

"저어… 실례합니다."

이번에는 좀 더 확실하게 부르는 소리가 들려왔다.

그래도 리키는 그 목소리가 자신을 향하고 있다고는 생각조차 못 하고 무시했다.

그러자.

"이봐요, 내 말 듣고 있죠?"

목소리는 노골적으로 초조하게 바뀌었다.

그제야 비로소 리키는 전자책에서 눈을 뗐다. 그리고 좌우를 훑어보며 근처에 아무도 없는 것을 확인했다.

'설마… 날 불렀나?'

그리고 천천히 뒤를 돌아보았다.

"아까부터 불렀는데…"

어딘가 토라진 것처럼 입을 삐죽 내민 소년은 갈색 피부에 애쉬 블론드의 머리카락을 지니고 있었다.

한순간의 기시감.

'…이 녀석.'

무의식적으로 눈을 크게 떴다.

'파라디타…?'

리키의 기억이 문득 플래시백 했다.

매끄러운 갈색 피부.

살짝 물결치는 애쉬 블론드의 머리카락.

그리고 한 쌍의 초록빛 구슬을 박아놓은 듯한 두 눈.

주인이 누구인지는 몰라도 그가 파라디타산(産)이라는 사실만은 틀림없었다.

처음 그를 본 것은 분명… 2년 전 데뷔 파티 때였다.

신참 펫은 몇 명 더 있었지만 그는 에오스에서 보기 드물게 독특한 색의 조합을 지닌 외모로 강렬한 인상을 풍겼다.

그런 종류의 파티에서는 항상 뚱한 얼굴로 이아손의 발밑에서 졸고 있거나 무선 이어폰으로 음악을 듣거나… 둘 중 하나였던 리키가 단숨에 파라디타산이라는 사실을 떠올릴 정도였다.

멜로즈 계통과 달튼 계통의 교배종인 파라디타산 중에 저 소년 같은 수컷 하이브리드는 매우 드물다.

보통 멜로즈 계통은 어떤 종과 교배해도 암컷만 태어나기 때문이다. 극히 드물게 수컷이 태어나는 경우도 있지만 99퍼센트 확률로 염색체 이상에 생겨서 제대로 성장하지 못한다.

랭크를 따지자면 파라디타산은 중급이지만 수컷 하이브리드는 존재 자체가 희소하다.

어쩌면 경매 하한가는 아카데미산과 맞먹을지도 모른다고 한다.

하지만 리키가 파라디타를 기억하는 이유는 그 때문만이 아니었다.

"왜 무시하는 거야?"

딱히 고의로 묵살한 것은 아니다. 이런 곳에서 자신에게 말을 걸어오는 특이한—아니, 무모한 도전자가 있을 거라고는 생각지 못했던 것뿐이다.

그렇다, 바로 '그때'처럼.

"뭐야?"

"나… 기억나?"

"파라디타, 맞지?"

무난한 대답으로 넘기려고 했지만 그는 그런 리키의 의도를 무시했다.

"미겔이야."

그리고 딱 잘라 말했다.

'아… 그래. 미겔이었지.'

그 말에 기억이 되살아났다. 몹시 긴장한 듯 떨리고 꺼져 들어갈 것 같은 목소리로 미겔이 말을 걸어왔던 기억이.

그때.

리키는.

처음에는 새로운 괴롭힘이나 벌칙 게임, 아니면 신참 펫이 어느 파벌에 끼기 위해 꼭 거쳐야만 하는 통과 의례이리라고 생각했다.

정말로 지긋지긋하기 짝이 없었다. 당시 리키는 그런 시시한 게임의 상징이 되어 있었다.

절대 할 수 없는 일을 일부러 시키는 담력 시험과 일종의 스릴.

그리고 대부분의 녀석들은 겁에 질려 울음을 터뜨리고 그걸 다 함께 놀리며 즐기는 것이다.

그런 경우가 아니면 흉악하다는 딱지가 붙은 슬럼의 잡종을 상대로 멀리서 집단으로 왈왈 시끄럽게 짖어대기는 해도 아무도 말을 걸어오지는 않는다.

하지만 그때 미겔은 달랐다.

리키가 어디의 누구인지도 몰랐다.

『나 여기 온 지 얼마 안 돼서…, 여기 예법도… 하나도 모르겠고….』

그런데 왜 하필이면 자신에게 말을 건 걸까. 그 무모한 도전 정신에 어이가 없어서 아무 말도 나오지 않았다.

조금만 주의 깊게 살펴봤다면 다른 펫들이 리키를 노골적으로 미워하며 멀리하고 있다는 것쯤은 금방 알 텐데. 그렇게 생각했지만 미겔에게는 그런 여유조차 없었던 모양이다.

『다들 힐끔힐끔 쳐다보고….』

파라디타의 특성이 특성이니만큼 리키와는 다른 의미로 눈에 몹시 눈에 띄기는 했다. 자기중심적이고 오만한 펫은 썩어 넘칠 정도로 많지만 시각 면에서부터 이색적인 파라디타는 좋건 싫건 무리 속에 어우러질 수 없다.

『사이먼은… 여기 오면 같이 놀 사람이 생길 거라고 했는데…
하지만 어디로 가면 좋을지 몰라서 여기저기 돌아다니다 보니까
이 꽃밭에 오게 된 거야….』

그래서 리키는 이런 곳에서 정처 없이 헤매고 다니기 전에 담당
퍼니처에게 '에오스의 3원칙'을 배우라고 충고해줬다.

- 잘난 척하며 주제넘게 굴지 마라.
- 바보 같은 허세는 부리지 마라.
- 강한 자를 순순히 따라라.

그 내용은 위와 같으며, 총 9개 조항으로 이루어진 에오스의 펫
법과는 다르다.

정말로 그런 3원칙이 있는지 어떤지는 리키도 모른다.

그걸 말해준 것은 다릴이었다. 물론 그 말투도 내용도 좀 더 온
화했던 건 말할 필요도 없다.

어쩌면 그건 에오스라기보다는 다릴이 리키에게 부드럽게 에둘
러 말한 '부탁'이었을지도 모른다. 살롱에서 말썽을 일으키는 것만
은 참아달라는….

어쨌든 처음에 삐끗하면 그 후가 힘들다.

평소의 리키라면 상대가 누구든 절대 쓸데없는 참견을 할 마음
이 들지 않았겠지만 그때는 드물게도 그런 기분이었다. 아직 어느
파벌에도 속하지 않은 신참이 너무나도 풀이 죽어 보였기 때문…

일지도 모른다.

그리고 3원칙 이상으로 중요한 것은 '슬럼의 잡종에게는 절대 가까이 다가가지 마라'였다.

리키가 굳이 말하지 않아도 담당 퍼니처라면 분명 거듭거듭 주의를 줬을 것이다.

하지만 신참 미겔은 마지막의 마지막까지 예상을 벗어나는 소년이었다.

『당신은 혹시… 여기 담당 직원인가요?』

그는 리키를 이 식물원의 정원 관리사로 착각한 모양이다.

당시 이미 19세를 앞두고 있던 리키는 수컷 펫으로서는 이질적인 특례—아니, 비상식의 극치였다. 그 나이까지 에오스에서 사육되는 펫은 한 명도 없다.

음모도 제대로 나지 않은 젊음이 펫의 제1조건이라도 되는 듯한 에오스에서 리키만이 이단이었다. 당시 13세였던 미겔의 눈에는 도저히 같은 펫으로 보이지 않았던 것이다.

기분이 상하기는커녕 무심코 폭소를 터뜨리고 말았을 정도였다. 에오스에서 지낸 3년 동안, 뱃속부터 큰소리로 웃음을 터뜨린 것은 그때가 처음이자 마지막이었다.

"그때는… 미안."

미겔은 그렇게 말하며 살짝 시선을 떨궜다.

리키는 한순간 멍한 표정을 지었다. 예상을 빗나갔던 소년은 2년이 지난 지금도 역시 의외의 남자였다.

"나… 당신이 이아손 님의 펫이라는 것도 모르고 여기 직원으로 착각해서…."

'…지금 그게 문제냐?'

저도 모르게 "그게 아니잖아?"라고 말하려다 입을 다물었다.

"사이먼한테 당신에 대해서 물었더니 얼굴이 새파랗게 질려서 꼭 쓰러질 것 같았어."

'그건 날 정원 관리사로 착각했기 때문이 아니라 네가 슬럼의 잡종의 독니에 걸려들었다고 생각했기 때문이겠지.'

딱 잘라 그렇게 말할 수 있을 만큼 리키는 에오스에서 자신의 입장을 잘 알고 있었다.

그렇다고 주인의 권력을 앞세워 살롱을 좌지우지하려는 야심도 없을뿐더러 블론디의 펫답게 처신할 생각도 없었지만.

"그 뒤로 나, 몇 번이나 여길 찾아왔지만 당신을 만날 수 없었어…."

그야 그렇겠지. 그 후로 곧 리키는 탈주 사건을 일으켰으니까.

아니.

설령 그 사건이 없었더라도 리키는 그 후로 미겔과 다시는 만날 수 없을 거라고 믿어 의심치 않았다. 리키가 슬럼의 잡종이라는 것을 알면 미겔은 두 번 다시 접근하지 않으리라고. 다른 펫들처럼 소리 높여 리키를 혐오하고 멀리서 모멸의 말을 던질 거라고.

그렇게 생각했기 때문에 미겔에 대한 기억은 그 후로 한 번도 떠올리지 않았다.

"설마 이렇게 다시 만나게 될 줄은 몰랐어. 당신은, 저어… 폐기 처분되었다는 소문이 돌았거든."

조심스럽게 말꼬리를 흐려도 아마 달리 돌려 말할 길이 없을 것이다.

리키 자신도 이아손이 폐기되지 않은 펫 등록증을 들이밀기 전까지는 그렇게 믿고 있었다. 두 번 다시 에오스에 돌아올 일은 없을 거라고.

"그래서? 뭐 어쩌라고?"

퉁명스러운 말이 튀어나왔다.

분명 미켈과는 과거 개인적으로 만났던 적이 있다.

하지만 그것은 단 한 번, 점과 선이 우연히 교차한 것뿐 과거를 그리워하며 감상에 잠길 정도의 접점은 아니다.

"같이 있어도… 돼?"

"뭐어?"

눈을 한껏 찡그리며 미켈을 응시했다.

"당신을 방해하진 않을게."

그런 문제가 아니잖아.

"너… 내가 누군지 아냐?"

"이아손 님의 펫이잖아?"

"슬럼의 잡종에겐 관여하지 말라고 퍼니처한테 이야기 못 들었어?"

순간 미켈은 입을 꾸욱 다물었다. 그의 시선이 살짝 흔들렸다.

"나는 어린애나 돌볼 정도로 한가하지 않아."

리키는 매몰차게 말하며 전자책 스위치를 껐다.

"시간을 때울 상대가 필요하면 다른 사람을 찾아봐."

단호하게, 그리고 분명하게 못을 받은 후 걷기 시작했다.

리키가 이 식물원을 찾아오는 건 아무에게도 방해받고 싶지 않기 때문이다.

계속 방에 틀어박혀 있으면 칼이 공연히 안절부절못한다. 본인은 잘 숨기고 있다고 생각하겠지만 아직도 리키와 어느 정도 거리를 둬야 할지 파악하지 못한 게 눈에 뻔히 보인다.

퍼니처의 심정을 배려하는 펫.

리키는 그 정도로 착하고 물러빠진 인간은 아니었지만 어설프게 배려를 받느니 '밖'에 나가서 유익한 시간을 보내는 편이 차라리 나았다.

별관에 오면 아무래도 나쁜 의미로 눈에 띄는 것은 피할 길이 없지만 살롱과는 달리 몸을 숨기기 적당한—아니, 경관을 즐기기 안성맞춤인 그린 스팟이 곳곳에 널려있는 식물원에서는 적어도 혼자만의 시간을 방해받을 걱정은 없다.

시끄럽지도 않고.

기분 좋고.

아무도 찾으러 오지 않는다.

리키에게는 하루의 오아시스 타임이다.

매일 정해진 시간에 식물원을 찾아오게 된 후로 다른 펫들은 노골적으로 그 시간대를 피하게 되었다.

그 점은 단순한 착각이 아니었다.

그 쾌적한 공간에 미켈이라는 이물질이 끼어들었다. 리키는 그 이물질을 억지로 배제할 권리 따위를 가지고 있지 않다.

이곳은 누구나 자유롭게 출입할 수 있는 휴식공간이다.

리키는 그저 누구에게도 방해받지 않는 시간을 즐기고 싶을 뿐이었다. 그 외에는 아무 흥미도 관심도 없었다.

미겔이 무슨 속셈이고 대체 뭘 하고 싶은 건지는 모르겠지만 리키는 거기에 장단을 맞춰줄 생각이 털끝만큼도 없었다.

5장

그날 밤은 제7길디어스 연방 정부의 고관을 파르티아 총령부에 초대하여 연회가 열렸다.

이번 호스트는 기드온이었다. 정보 마켓 부문의 총괄책임자로서 이아손도 파티에 참석했으나 가식적인 웃음도 서로의 속셈을 탐색할 필요도 없는 간담회는 비교적 원활하게 끝났다.

블론디 전용 에어카를 타고 에오스로 돌아오자마자 이아손은 자신의 거처가 아닌 오르페의 집무실로 직행했다.

사전에 메일로 방문하겠다는 연락을 해뒀기 때문에 이아손이 자기 엘리베이터에서 내리자 곧 시큐리티 가드가 깍듯이 인사하며 맞이했다.

블론디의 집무실은 저마다 주인의 개성이 잘 드러나 있다. 엘레강스 노블이라고 불리는 오르페의 집무실은 장식품 하나까지도 세련되고 아름다웠다.

하지만 설마.

그곳에 아이샤까지 동석해 있을 줄은 생각도 못 했다.

'이건 대체 무슨 속셈이지?'

속마음이야 어쨌든 그런 심정을 얼굴에 드러내지는 않았지만 예측하지 못한 상황이라는 사실만은 변함이 없었다.

이번에 이아손이 오르페를 찾아온 것은 그가 리키 문제로 귀띔해줄 정보가 있다고 했기 때문이었다. 평소대로 스크린을 통해 오픈 채널로 말하지 않고 에오스 집무실로 와달라고 지정한 걸 보면 오르페에게도 그다지 공공연하게 알리고 싶지 않은 사정이 있을 거라고 생각했다. 그런데 아이샤까지 함께 있을 줄은 몰랐다.

"돌아오자마자 미안하군."

먼저 그렇게 말한 후 오르페는 이아손에게 소파에 앉을 것을 권했다.

"설마 또 아이샤의 펫과 말썽이 일어났나?"

너무나도 있을 법한… 아니, 그보다는 아이샤와 관련된 일이라면 그것밖에 떠오르지 않았다. 거꾸로 말하자면 과거 아이샤의 펫과 리키의 상성이 그만큼 최악이었다는 뜻이다.

덕분에 타인의 펫 따위에는 흥미도 관심도 없었던 이아손조차 아직 그 이름과 얼굴을 곧바로 떠올릴 수 있을 정도다.

리키의 이렇게 말했다.

『싸우는 방법도 모르는 풋내기가 남의 발밑에서 왈왈 시끄럽게 짖는 것뿐이야.』

그러면서도 상대가 누구든 싸움을 걸어오면 3배로 갚아주는 것이 리키의 기본 원칙이다.

그 결과 아카데미산 최고 품종의 자존심은 슬럼의 잡종에게 처참하게 짓밟히고 결국은 흥분해서 자신을 잃고 말았다.

쓸데없이 이길 수도 없는 싸움을 걸었다가 자멸했다―그렇게 치부하기에는 너무나도 싱거운 결말이었으나 그것이 에오스 유사

이래 최대의 스캔들이었던 만큼 슬럼의 잡종이 얼마나 광폭하고 흉악하고 성질이 더러운지 뇌리에 강렬하게 각인되는 결과를 불러왔으며 다른 펫은 두려움에 떨게 되었다.

리키와 얽혀봤자 좋을 것 없다.

다들 뼈저리게 깨달았을 것이다.

그 후로 펫들이 리키에게 '직접' 싸움을 거는 일은 사라졌다. 반면 멀리서 손가락질을 하며 더욱더 보란 듯이 폭언을 퍼붓고 경멸의 말을 던지게 되었음은 말할 필요도 없다.

무시하려 해도 무시할 수 없는 존재감.

보고 싶지도 않은데 시선을 끌어당기는 흡인력.

에오스의 상식을 태연하게 걷어 차버리는 야생아.

하다못해 눈을 더럽히는 존재라고 멸시라도 해야 자신의 정체성을 유지할 수 있다.

그것은 절대 뒤집힐 리 없는 계급 제도를 위협하는 이단이자, 펫들에게는 지금껏 느껴본 적 없는 위협이었다.

그래서 더욱더 리키를 증오하고 일거수일투족을 트집 잡아 폭언을 퍼부어야만 견딜 수 있다. 물론 자신의 심리를 냉정하게 분석할 수 있는 자는 아무도 없었지만.

수컷 펫들이 영역을 주장하며 서로 으르렁거리는 것은 종족 보존의 원칙이다. 설령 우리 속에 갇혀있다 해도.

인간의 본성이라기보다는 생물학상 유전자에 새겨진 본능.

주인에게는 한없이 순종적인 펫이라도 본능까지 교정할 수 없다는 증거이기도 하다.

물론 이아손이 슬럼의 잡종을 에오스에 데려오기 전까지는 잔물결 수준이었지만.

　좋은 의미로든, 나쁜 의미로든 리키는 특별한 케이스다. 슬럼의 잡종이라는 출신… 때문이 아니라 존재감만으로도 에오스의 펫들이 유일하게 매달리는 계보를 산산조각내기 때문이다.

　아니—, 아마 타나그라 엘리트의 상식마저도.

　"아직 말썽이 일어난 건 아니야."

　그렇다면 이아손의 입장에서는 아무 문제도 없다.

　떠났다가 다시 돌아온 리키는 자신의 입장을 충분히 파악하고 있다는 뜻이다.

　"하지만… 못 본 척 넘기기에는 조금 문제가 있지."

　살짝 의미심장하게 말하며 오르페는 버추얼스크린을 켰다.

　그곳에 비친 것은 파라디타산 펫의 얼굴 사진이 박힌 프로필이었다.

　"기억이 나나?"

　말할 것도 없다. 데뷔 파티 때 가장 눈에 띄는 존재였다. 그 자리에서 라울이 파라디타의 특성을 자세히 설명해준 덕분에 2년이 지난 지금도 선명하게 기억하고 있다.

　"파라디타산 하이브리드에게 무슨 문제라도?"

　"자네의 잡종에게 꽤나 집착하는 모양이더군."

　그 목소리에 노골적인 야유는 없지만 대신 강한 경계심이 엿보였다.

　이아손이 한쪽 눈썹을 살짝 찡그린 것과 동시에 스크린의 영상이 식물원으로 바뀌었다. 예의 파라디타와 리키의 투샷이 차례차례 비췄다.

분할된 화면에 비친 두 사람의 복장이 모두 다르다는 점이 날짜의 경과를 나타내고 있었다. 녹화된 영상을 통해 추측하건대 거의 매일이라 해도 과언이 아니었다.

그 점만 보면 식물원 데이트 장면으로 보이지 않을 것도 없었다. 그러나 순수한 놀라움으로 시작된 리키의 표정은 '의심', '불쾌함', '지긋지긋함'으로 노골적으로 변해갔다. 리키가 그 파라디타를 어떻게 생각하는지는 그야말로 일목요연했다.

이아손은 만족했다. 오르페가 무엇을 경계하고 있는지는 별개로 치고 리키가 저 파라디타에게 흥미가 없다는 사실만은 분명히 확신할 수 있었다.

"그래서? 이게 뭐가 문제라는 거지?"

한마디로 저 파라디타가 귀찮게 따라다니는 바람에 리키가 지긋지긋해 하고 있다, 그 말 아닌가?

현재 리키에게 정면으로 말을 걸어오는 무모한 도전자가 있을 줄은 이아손도 예상치 못했지만 문제가 있다면 리키가 아닌 저 파라디타의 언동에 있다.

그렇다면 이곳에 아이샤가 있는 이유를 더더욱 알 수 없다. 파라디타의 주인은 오닉스, 즉 흑발이므로, 아이샤의 펫과는 아무 관계도 없기 때문이다.

"혹시 리키가 저 녀석을 때리기라도 했나?"

그런 일은 장난으로라도 할 리가 없을 텐데.

"차라리 그랬으면 이야기가 좀 더 간단했을 텐데."

아마 진심일 것이다. 그러면 오르페도 거리낌 없이 대의명분의 철퇴를 휘두를 수 있을 테니까.

오르페 최대의 오산은 펫 법의 허점을 이용하여 리키를 에오스로 다시 데려오기 위한 이아손의 책략에 굴한 것이 아니라 어디까지나 공공연한 비밀에 지나지 않았던 것, 즉 펫을 특별 취급하는 주인의 악취미가 충격적으로 공개되어버린 것이다.

기드온의 입장에서는 단순한 여흥이었을지 모르지만 그것을 역으로 이용하여 주위를 신음하게 만든 이아손의 악질적인 확신범과도 같은 행위를 이제 와서 왈가왈부해봤자 아무 소용도 없다.

"그럼 뭐지?"

"비공식적인 타진이 있었네."

무슨?

그렇게 물으려던 이아손의 말을 가로막듯 아이샤가 말했다.

"한마디로 퍼니처가 울며 매달렸다더군."

'퍼니처?'

생각지도 못한 단어가 튀어나왔다. 이아손은 눈을 크게 떴다.

"그 녀석과 얽히면 작은 일도 큰일이 되지. 지난 3년 동안 퍼니처들은 뼈저리게 느꼈을 거야."

"스타인과 미메아 사건은 양쪽 퍼니처가 나름대로 책임을 졌지. 그리고 결정타는 다릴 사건."

아직도 기억에 생생하게 남아있는 옛 퍼니처의 이름을 들먹여도 이아손은 눈썹 하나 까딱하지 않았다.

"퍼니처가 문제점인가?"

"그래."

그렇다면 아이샤가 동석한 의미가 없다. 아이샤는 타나그라의 총괄책임자일 뿐이므로 에오스에서 동일한 권한을 지니고 있지는 않다.

오르페가 에오스의… 그것도 퍼니처와 관련된 일로 아이샤에게 도움을 청하리라고는 도저히 생각할 수 없고 그 반대 또한 마찬가지다.

"그렇다면 아이샤, 자넨 왜 여기 있는 거지?"

이다음 문제를 생각해서라도 이아손은 그 점을 명확하게 해두고 싶었다.

"일의 시작은 파라디타의 퍼니처가 과도한 스트레스로 건강에 문제가 생긴 데서부터라고 하더군."

일부러 본론을 피한다기보다 아이샤의 입장상 결과에 이르기까지의 과정을 빠뜨릴 수 없는 모양이다.

"그렇다는 건…?"

"즉 파라디타가 자네의 잡종을 따라다니는 바람에 살롱에 좋지 않은 소문이 퍼졌다는 걸 어디선가 주워들은 거겠지."

아이샤답지 않게 꽤나 애매한 어조로 말꼬리를 흐렸다. 원칙적으로 퍼니처는 비밀을 엄수해야 할 의무가 있기 때문에 그 또한 어쩔 수 없는 일인지도 모른다.

펫 링이 주어지고 데뷔 파티가 끝나면 에오스의 시큐리티 등록이 완료되기 때문에 펫은 목줄을 하고 다니지 않아도 된다.

동시에 퍼니처는 일절 살롱에 출입할 수 없게 된다. 그것은 담당 펫의 행동을 정확하게 파악하기 어려워진다는 뜻이기도 하지만 살롱에서 웬만한 일은 너그럽게 봐주는 관습이 있기 때문에 퍼니처의 위기감도 희박한 편이다.

하지만 그것도 리키가 펫으로서 에오스에서 사육되게 된 후로는 완전히 달라졌다.

싸움을 걸어오면 3배로 갚아주는 슬럼의 룰을 실천하는 리키에게 퍼니처들은 펫 이상으로 전전긍긍했다.

펫의 불찰은 퍼니처의 책임이기 때문이다.

어느 펫이 무슨 짓을 저질러서 어떤 벌을 받았는가 하는 내용은 퍼니처 전용 단말기에 공개된다.

리키가 오기 전까지 그 게시판은 언제나 공백이었다. 퍼니처들도 일종의 일과처럼 가볍게 훑어보기만 했었다. 그런데 리키라는 야생이 살롱에 방목된 후로 빈번하게 갱신되는 사태에 이르렀다.

펫들은 방으로 돌아온 후 마음껏 슬럼의 잡종에 대해 울분을 토해냈다. 리키가 얼마나 거칠고, 천박하고, 오만하고, 전혀 길들여져 있지 않은 쓰레기인지 혐오와 경멸을 담아 내뱉었다.

그런 말들을 계속 들어야 하는 퍼니처는 안절부절못했다. 자신이 담당하는 펫의 이름이 어느 날 갑자기 징벌 대상으로 게시판에 공개되지 않을까 조마조마해졌다.

아이샤의 펫이었던 스타인이 광란에 빠져 리키를 나이프로 베려고 덤벼드는 전대미문의 스캔들이 일어나고, 미메아와 리키의 밀통 사건이 벌어지고, 마지막으로 다릴이 시큐리티를 해킹하여 리키를 에오스 밖으로 도주시키려고 하는 있을 수 없는 사태가 일어나자 모든 퍼니처가 크게 동요했다.

그 원흉인 리키가 에오스를 떠났을 때에는 이제야 겨우 일상의 평화가 돌아왔다고 깊은 한숨을 내쉬었다.

그러나 리키는 다시 돌아왔다. 성숙한 수컷의 페로몬을 풍기며….

이래서는 안온하게 지낼 수 없다.

이번에는 누가 리키의 독니에 걸려들까. 그 누군가가 자신이 담당하는 펫이 아니기를 기도할 수밖에 없는 매일이었다.

"파라디타의 퍼니처는 자신이 언제 잡종 때문에 날벼락을 맞을지도 모른다고 생각하면 일상 업무도 손에 잡히지 않을 만큼 스트레스에 시달리게 되었지."

그런 상황을 잘 알고 있는 아이샤는, 마치 직접 본 사람처럼 실정을 설명했다.

그 사실이 더더욱 이아손을 불쾌하게 만들었다.

말없이 오르페를 흘낏 바라보았다.

'그게 나와 무슨 관련이 있다는 거지.'

그는 그 시선의 의미를 정확하게 파악했는지 그렇게 말하듯 입가에 미소를 지었다.

"그걸 걱정한 오닉스의 퍼니처들이 플로어 리더에게 실정을 털어놓았고, 결국 토마에게 은밀하게 상담을 청했다더군."

이아손은 곧 토마가 아이샤의 퍼니처라는 사실을 떠올렸다. 드디어 이야기의 맥락이 보이기 시작했다.

"그러니까… 경험자의 지혜를 빌리고 싶다 이건가?"

'아직 일어나지도 않은 일을 벌써부터?'

바보 같군.

스타인이 불상사를 일으켰을 때 토마도 함께 책임지고 처벌을 받았다. 징벌 자체는 주인의 재량에 맡기기 때문에 이아손은 토마가 어떤 처벌을 받았는지는 모른다.

하지만 펫은 엄중한 처벌을 받았어도 아이샤의 퍼니처가 아직 토마라는 사실을 생각하면 저절로 그 답이 나온다.

펫은 퍼니처를 자신의 방에 딸려있는 가구의 일부로만 생각한다. 무슨 말을 해도 거스르지 않고 망가져도 곧 갈아치울 수 있는 비품이라고.

하지만 주인의 인식은 다르다. 펫은 당장 갈아치울 수 있지만 유능한 퍼니처를 키우려면 나름대로 시간이 필요하다.

"토마는 최상급 플로어 리더지."

"과연… 그렇군."

최상급 플로어 리더는 모든 퍼니처의 정점에 서 있다는 뜻이다. 그런 토마에게 상담을 청한 것은 단순히 성급한 예비지식이 아니라 어떤 의도를 갖고 있기 때문이다.

"그래서 자네가 여기 있는 건가?"

"그래."

하위 퍼니처의 호소 따위가 자주 일어나는 일은 아니다. 단순히 업무 관련이라면 토마도 필요한 조언을 해줄 수 있겠지만 아무래도 이건 퍼니처가 감당할 수 있는 문제가 아니라고 판단한 모양이다.

그리하여 퍼니처가 주인에게 보고를 했다.

아무리 이아손이라도 깊은 한숨을 내쉴 수밖에 없었다.

"자네 퍼니처가 받은 상담 내용은… 뭐지?"

"어떻게 하면 이대로 조용히 끝낼 수 있느냐."

"상담한 시점에서 조용히 끝낼 수 없게 된 것 같다만?"

"상대가 자네의 잡종이 아니라면 퍼니처들도 그런 비장의 수를 꺼내진 않았겠지."

옆에서 오르페가 지극히 당연한 의견을 말했다.

"주인은 알고 있나?"

"일단 묵인하는 모양이더군."

"묵인?"

"자네와 직접 담판을 지을 수는 없잖아?"

의미심장한 말투에서 아무래도 이번 일이 상당히 뿌리 깊은 문제라는 사실을 엿볼 수 있었다.

이아손은 지그시 눈썹을 찡그렸다.

"예의 파라디타는 담당 퍼니처의 충고에 귀를 기울이려고 하지도 않는다더군. 그 녀석이 얼마나 흉악하고 성질이 더러운지 얘기해도, 묘하게 호감을 품고 있는지 통 들은 척도 하지 않는 모양이야."

'성질이 더럽고' '흉악'하다는 말을 일부러 강조하는 아이샤는 아무래도 꽤나 맺힌 것이 많은 듯했다.

"묘한 호감?"

"아무래도 떠났다 돌아오기 전에 그 파라디타와 딱 한 번 개인적으로 인연이 있었던 모양이야."

"호오… 어떻게?"

마치 흘려들을 수 없다는 듯이 이아손의 눈빛이 날카로워졌다. 파라디타가 리키를 따라다니는 원인이 거기에 있다면 단순히 취향이 특이하다고는 말할 수 없을지도 모른다.

"그건 자네가 직접 확인해보면 되잖아?"

그렇게까지 도와줄 생각은 없는 듯 아이샤는 단호하게 말했다.

"그래서 내가 한 가지 제안을 하려는데."

오르페가 천천히 말을 꺼냈다.

"설마 파라디타가 머리를 식힐 때까지 리키를 근신시켜라—그런 말을 할 생각은 아니겠지."

순간 오르페는 보란 듯이 커다란 한숨을 쉬었다.

역시 자신의 예상이 틀리지 않았다는 사실을 알고 이아손은 입을 꾸욱 다물었다.

이 집무실에 불려온 진짜 의미를 생각하면 불쾌해졌다.

그야말로 본말전도다.

상대는 고작 파라디타… 라고 할 생각은 없다. 펫 랭크로 치자면 슬럼의 잡종은 규격 외의 조악한 물건이다. 일련번호가 있는 펫과는 비교도 되지 않는다.

그러나 저쪽은 오닉스이고 이아손은 블론다. 그 차이는 매우 크다.

에오스에서는 그 무엇보다도 주인의 '지위'와 '권리'가 최우선이다. 그런데.

블론디의 자존심을 건드린 정도는 아니지만 불쾌한 것은 사실이다.

굳이 입 밖에 내지 않아도 그 마음이 고스란히 얼굴에 드러난 것일까.

"자네는 그 녀석을 한 번도 교미 파티에 내보낸 적이 없으니 모르겠지만 그 파라디타는 굉장히 인기가 많아. 파트너 지명이 끊이지 않을 정도지."

오르페는 슬쩍 다른 방향으로 공격을 해왔다.

"3개월 후까지 예약이 되어있어. 그 후로도 계속 순번을 기다리고 있는 상태지."

마치 처음부터 이아손의 불쾌지수까지 예측했다는 듯이 에오스의 사정을 역으로 이용하여 양보를 재촉했다.

"즉 자네의 잡종과는 달리 아주 귀중한 펫이란 말이야. 알겠나."

아이샤까지 나서서 못을 박았다.

두 사람이 입을 모아 말하는 걸 보면 그 사실 자체에는 분명 아무 과장도 없을 것이다.

펫은 섹스를 많이 할수록 값어치가 높아진다. 교미 파티의 파트너 지명이 끊이지 않는다는 것은 주인에게는 일종의 영예라고 할 수 있다. 자신의 안목이 정확하다는 사실을 입증하는 것이나 다름없기 때문이다.

그 파라디타의 주인인 오닉스가 퍼니처의 호소를 묵인한 가장 큰 이유는… 아무래도 그 때문인 모양이다.

라울의 말에 의하면 수컷 파라디타는 생물학적으로 희소한 하이브리드다. 단순히 신기한 것뿐만 아니라 그 가치는 에오스에서도 충분히 통용된다는 사실을 이아손은 냉정하게 떠올렸다.

미다스에서 생산되는 펫은 아카데미산이 최상급으로 분류되지만 설령 랭크상으로는 하위 종이라도 희소가치가 높은 돌연변이는 귀중하다. 게다가 예의 파라디타의 특성은 어떤 순혈종과 교배해도 다음 세대에는 나타나지 않는다. 따라서 그 가치는 아카데미산 이상이다.

"물론 자네가 그 녀석을 교미 파티에 내보낼 생각이 있다면 얘기는 다르지만."

그것이 단순한 비아냥이나 빈정거림이 아님은 이아손도 잘 알고 있었다. 예의 데뷔 파티의 여흥은 상당히 인상적이었는지 다른 블론디들도 얼굴을 마주칠 때마다 같은 말을 던지곤 했다. 이아손에게 그럴 마음이 전혀 없다는 걸 알면서도.

"언제까지?"

이렇게 되면 이아손이 굽힐 수밖에 없다.

"일단은 3주일 정도, 어때?"

일단은… 이라는 말이 약간 걸렸지만 지금 그걸 문제 삼아봤자 결말이 나지 않으리란 점은 뻔했다.

"그러지. 이유는?"

이유도 없이 리키를 납득시키기는 어렵다.

다른 펫이라면 그저 한마디 명령만 하면 될지도 모르지만 리키는 그렇게 순종적인 태도와 거리가 멀다. 그런 점이 좋다고 하면 다들 기가 막혀 하며 그의 이상한 취향에 한마디씩 던지겠지만.

"글쎄."

잠시 생각에 잠긴 후 오르페는 콘솔을 조작하여 버추얼스크린에 화면을 투사했다.

"일단 규칙 위반은 어떤가?"

화면 속에는 튼튼해 보이는 나무 위에서 재주 좋게 낮잠을 자는 리키의 모습이 비치고 있었다.

게다가 깜빡 잠들어버렸다기보다는 완벽하게 숙면을 취하고 있는 듯한 리키의 머리에는 그곳을 영역으로 삼고 있는 듯한 작은 새 두 마리가 앉아 있었다. 인공 식물원에 풀어놓고 키우고 있지만 경계심이 강해서 절대 사람을 따르지 않는 야생 새였다.

이아손의 입가에 저도 모르게 미소가 번졌다. 식물원이 아니면 절대 볼 수 없는 절묘하고 멋진 장면이었다.

"역시 잡종은 본능까지 짐승 수준인 모양이야."

오르페가 그렇게 말했다.

"다른 펫들은 절대 흉내 낼 수 없는 재주로군."

아이샤가 그 말을 받아 어이없다는 듯이 작게 중얼거렸다.

하지만 이걸로 3주일 동안 근신 처벌을 내리기란 지나치지 않을까. 그런 이아손의 마음을 꿰뚫어 본 것처럼 오르페가 말했다.

"안타깝게도 요즘 자네의 잡종은 꽤나 얌전해서 말이야. 지금으로써는 이게 최선이야."

입가에 미소를 띤 채로.

복층 구조로 이루어진 이아손의 거처는 천장이 높고 넓다. 오픈 파노라마 형식의 차광 창문 너머로는 멀리 유피테르 타워까지 한눈에 보이는 절경이 펼쳐져 있다.

리키가 여느 때처럼 정해진 시간에 방에서 나와 칼이 준비한 아침 식사를 하고 있을 때 드물게도 실내복 차림의 이아손이 아래층으로 내려왔다.

"안녕히 주무셨습니까."

깍듯이 인사하는 칼에게 눈짓으로 대답한 후 이아손은 리키와 같은 테이블에 앉았다. 그것도 일부러 리키 바로 앞에.

아침부터 보고 싶은 얼굴은 아니었다.

불길한 예감이 리키의 등을 타고 기어올랐다.

"뭐야?"

"넌 오늘부터 3주일 동안 근신이다."

순간 리키의 손이 우뚝 멈췄다.

"왜?"

정면으로 이아손을 노려보는 눈빛은 리키 옆에서 살뜰하게 식사 시중을 들던 칼을 안절부절못하게 만들기에 충분했다.

납득할 수 없어.

입을 다물고 있어도 그 눈빛이 그렇게 말하고 있었다. 근신 처분을 받을 정도로 멍청한 짓을 한 기억이 없기 때문이었다.

"칼."

이아손은 흘낏 칼을 바라보았다. 그것만으로도 칼은 직립 부동 자세를 취했다.

"네… 네에. 오늘 7시에 시큐리티 가드로부터 통보를 받았습니다. 리키 님, 살롱법 제17조 5항 위반으로 3주간 근신 처분을 받게 되셨습니다."

"난 아무 짓도 안 했어."

분노를 담아 내뱉었다.

저지른 짓을 저지르지 않았다고 쓸데없이 우기는 것은 멍청한 펫뿐이다.

별관 곳곳에 설치된 감시 카메라의 존재를 알고 있다면 그런 거짓말을 해봤자 소용없다는 걸 알 수 있을 테니까.

그래서 리키는 그런 짓을 할 생각이 없었다. 묻지도 않은 것까지 자진해서 보고할 생각도 없었지만.

정말로 무슨 짓을 저지를 생각이라면 당연히 감시 카메라의 사각을 노렸을 것이다. 증거조차 남지 않으면 시큐리티 가드에게 한소리 들을 이유도 없기 때문이다.

다시 돌아온 벌칙으로 한 달 동안 목줄을 차고 산책을 하며 리키는 주위를 구석구석 유심히 확인했다. 특별한 의미는 없다. 그정도 목적의식이라도 있어야 구경거리 노릇 따위를 해 먹을 수 있어서였다.

하지만 하지도 않은 일을 '했다'고 뒤집어씌우는 짓에는 화가 났다.

이런 일로 근신 처분을 받다니 농담이 아니다.

이아손이 단단히 못을 박아둔 후 외부로 흘러나갈 만한 스캔들 문제에 가장 민감한 것은 다름 아닌 리키였다. 곧바로 들킬 게 뻔한 멍청한 짓을 저지를 생각은 없다.

"대체 뭐야, 그 살롱법 제17조라는 건."

이아손이 또다시 눈짓으로 칼을 재촉했다.

"제17조는 출입 금지 조항입니다. 5항은 기물 파손죄가 적용됩니다."

'출입 금지 구역에서 기물 파손?'

칼의 말을 되새기며 리키는 점점 더 퉁한 표정을 지었다. 아무리 생각해도 짚이는 곳이 없었기 때문이다.

'다른 사람이랑 착각한 거 아냐?'

그야말로 있을 수 없는 일이지만.

"내가 언제 어디서 뭘 부쉈다는 거지?"

이아손을 노려보는 시선도 말투도 점점 날카로워졌다.

"식물원에서는 산책 코스 이외에는 출입 금지다. 귀중한 수목에 올라가서 낮잠을 자다니, 있을 수 없는 일… 이라고 하더군."

리키는 한순간 멍한 표정을 지었다.

그리고 아주 살짝 한쪽 뺨을 일그러뜨렸다.

"역시 잡종은 본능도 짐승 수준이라고 하더군."

"그건…"

저도 모르게 대꾸하려다가 곧 입을 꾸욱 다물었다.

그건 요즘 귀찮게 따라다니는 미겔을 따돌리기 위한 긴급 피난이었다.

왜 내가 이런 짓까지.

그런 생각도 들었지만 화를 내며 쫓아내도 끈질기게 달라붙는 미겔에게 설교를 하느니 그의 눈을 피해 숨는 편이 훨씬 효과적이었기 때문이다. 하지만 지상에서 불과 몇 미터 떨어진 그곳이 너무 기분 좋아서 그만 잠들어버리고 말았다.

이아손은 출입 금지 구역이라고 말했지만 그런 표시는 어디에도 없었다.

—아마도.

그렇게 생각하며 리키는 잠시 생각에 잠겼다.

'어라…? 그러고 보니 화단 칸막이가 전부 빨간색이었던 것 같기도… 혹시 그게 출입금지 표시판 대신인가?'

글을 읽지 못하는 펫들을 위한 표지판은 모두 색채와 간단한 도형으로 만들어져 있다. 슬럼에서 돌아온 리키는 그 사실을 깜빡 잊고 있었다.

부주의로 인한 단순한 실수. 말하자면 고작 그 정도에 불과하다.

그런데….

'겨우 그 정도로 근신 3주일? 말도 안 돼.'

그 정도는 말로 주의를 주면 그만 아닌가?

타인이 싸움을 걸어서 3배로 갚아줬을 때조차 살롱 출입 금지는 최대 3일이었다. 그 점을 생각하면 갑자기 억지로 갖다 붙인 듯한 이 징벌에는 숨겨진 속내가 있는 듯했다.

'혹시 나를 본격적으로 살롱에서 쫓아내기 위한 구실이라도 만들려는 걸까?'

그런 짓을 할 만큼 자신에게 원한을 가진 사람이 누구인지, 짚이는 곳이 전혀 없기는커녕 많아도 너무 많았다. 리키는 자신이 잘 알지도 못하는 원한까지 한 몸에 사고 있다는 사실만은 넘치도록 자각하고 있었다. 그래서 오히려 누구 짓인지 더더욱 짐작할 수가 없었다.

어쨌든 지금 리키에게는 받아들일 수밖에 없는 상황인 것만은 분명했다.

그래도 추어올린 주먹을 순순히 내리기에는 왠지 부아가 치밀었다.

"…쳇. 남의 실수만 찾아다니기는. 오르페 그 인간도 의외로 속이 좁군."

리키는 입술을 불퉁 내밀며 말했다.

그 폭언에 노골적으로 숨을 삼킨 것은 오직 칼뿐, 이아손은 눈썹 하나 까딱하지 않았다.

6장

3주간의 근신이 끝나고 리키는 오랜만에 별관을 찾았다.

거주동에서 별관까지는 30층부터 스카이 튜브를 사용한다.

식물원에 가려면 그곳에서 다시 다른 엘리베이터 홀로 이동해야 한다. 그곳까지 이어지는 통로는 3층 높이까지 천장 없이 트여 있는 에스컬레이터로 만들어져 있었다. 그곳을 지날 때마다 리키는 기이한 기시감을 느끼곤 했다.

언제?

어디서?

대체 뭐가?

그리고 느닷없이 떠올랐다.

아득히 높은 천장.

아이들의 목소리.

회랑.

기억 끝에 걸려서 기시감을 불러일으키는 이유는 구조가 다를지언정 왠지 가디언의 미술관을 연상시키기 때문이다.

리키에게 그곳은 어떤 의미에서 꺼림칙한 장소였다. 그래서 기억 속에 깊숙이 묻어두고 있었던 것이다.

생각해보면 별관은 가디언과 몹시 닮았을지도 모른다.

가디언이 케레스 주민들의 성역이라면 에오스는 펫을 위한 낙원이다. 설령 그곳이 인간의 존엄을 짓밟는 추악한 낙원이라 해도, 거짓과 기만으로 점철된 곳이라 해도, 자신들이 가엾은 포로라고는 조금도 생각하지 않는 펫에게는 아름다운 낙원일지 모른다.

리키가 이 에오스에 도무지 익숙해지지 못하는 이유는 가디언조차 거짓 낙원에 불과하다는 사실을 실감하고 있기 때문이다.

슬럼에서는 13세가 되면 강제로 가디언에서 졸업한다. 이 에오스에서 펫의 상한치는 딱히 정해져 있지 않지만 리키를 제외하면 17세가 한계일 것이다. 특히 수컷은 더욱 빠르다.

가디언도 에오스도 미숙한 10대 초반의 아이들만이 관리되어 순환할 뿐인 일그러진 세계다. 그리고 슬럼은 썩어 문드러진 자유라는 폐쇄감으로 가득 차 있다.

결국 가디언에서도 에오스에서도 리키의 존재 자체가 이질적이라는 사실만은 변함이 없다. 말하자면 그런 것이다.

회랑을 지나 리키는 곁눈질도 하지 않고 걸었다.

도중에 스쳐 지나가는 자들이 오랜만에 나타난 리키를 보고 눈을 크게 뜨며 노골적으로 수군거렸지만 새삼 신경조차 쓰이지 않았다.

섣불리 대놓고 시비를 걸지 않으면 뒤에서 뭐라고 수군거리건 상관없는 헛소리에 불과하다.

다시 돌아온 후로는 일일이 시선으로 위협하지 않아도 되는 만큼 전보다는 어느 정도 편해졌는지도 모른다.

그때였다.

엘리베이터 홀로 이어지는 모퉁이를 돈 순간.

"길리아산 주제에 건방지긴!"

느닷없이 소녀의 날카로운 목소리가 리키의 귀를 꿰뚫었다.

대체 무슨 일인가 하고 앞을 바라보자 엘리베이터 앞에 펫들이 우르르 모여 있었다.

"너도 아미타산이잖아!"

"너보다는 내가 더 랭크가 높거든."

"그걸 누가 정한 건데?"

"누구긴… 그런 것도 모르니까 넌 안 되는 거야."

아웅다웅 시끄럽게 떠드는 소리를 듣자 하니 누가 더 생산 센터 랭크가 높은지 싸우고 있는 모양이다.

둘 다 각각 추종자를 거느리고 있는지 한쪽이 무슨 말을 할 때마다 서로 말꼬리를 잡고 맞받아치느라 몹시 시끄러웠다.

별관에서는 보기 드문 광경도 아니다.

펫들은 누구나 조금이라도 다른 펫들보다 우위에 서고 싶어 한다. 그것은 외모의 우열이 아니라 자신이 어느 센터에서 생산되었느냐에 달려있다. 출신을 과시하고 명확하게 차별한다. 그것은 펫의 지위와 직결된 문제다.

엄밀하게 말하자면 펫의 지위는 출신 센터 랭크가 아니라 주인의 지위에 따라 결정된다.

그러나 엘리트들 사이에는 암묵적인 규칙이 있다. 자신의 계급에 맞는 랭크의 펫을 선택하는 것이 상식이다. 그 법칙을 무시하고 슬럼의 잡종을 블론디의 펫으로 에오스에 끌어들인 비상식적인 인간은 오직 이아손뿐이다.

길리아산과 아미타산 소녀, 그리고 그 추종자들이 유치한 자존심을 앞세우며 다투고 있다. 그걸 남의 일이라고 깔끔하게 무시할 수 있는 사람은 아마 리키뿐이리라.

최상급 품종으로 일컬어지는 아카데미산조차 원종이 어떤 속성이냐에 따라 우열이 정해진다. 그 사실을 리키는 미메아에게 듣고 처음으로 알았다. 글은 읽을 줄 몰라도 자신이 어디의 누구냐에 대한 펫의 집착은 강했다.

바보 같아….

리키가 진심으로 그렇게 말할 수 있는 이유는 슬럼의 잡종이 최악의 쓰레기이기 때문이 아니라 지위는 자신의 손으로 움켜쥐어야 한다고 생각하는 실력주의자이기 때문이다. 그렇게 이야기해봤자 하늘과 땅만큼이나 가치관이 다른 미메아는 전혀 이해하지 못했지만.

펫들의 말다툼은 당분간 쉽게 끝날 것 같지 않았다.

리키는 작게 혀를 찼다.

이럴 때 한쪽이 말로 상대를 꺾어버리거나, 아니면 두고 보자는 말을 던지고 가버리거나, 아니면 울음을 터뜨리거나… 그렇지 않으면 결코 결판이 나지 않는다. 주위에서는 흥미진진하게 구경만 할 뿐 아무도 중재자 역할을 하지 않는다. 그랬다가는 괜한 불똥이 튈 게 뻔하기 때문이다.

'할 수 없지. 나중에 다시 올까.'

그렇게 생각한 순간.

문득 인파가 흩어지고 안에서 밀려 나온 펫과 우연히 눈이 마주쳤다.

마치.

봐서는 안 될 것을 보았다는 듯이 펫이 그대로 경직했다.

'리키다…'

경직된 입술이 똑똑히 자신의 이름을 중얼거리는 것이 보였다.

그 직후.

인파 뒤쪽에 있던 자들이 튕기듯 차례차례 뒤를 돌아보았다.

그리고 역시 모두 경직되었다.

리키다.

…그 녀석이다.

……잡종이다.

술렁거림이 전파된다. 마치 악질적인 바이러스에 감염된 것처럼 리키의 이름이 흘러나왔다.

거짓말.

…진짜?

……어디?

인파가 우르르 흐트러지고 펫들의 시선이 일제히 리키에게 집중됐다.

언제 끝날지 알 수 없었던 말다툼이 어느샌가 멈춰 있었다.

아니, 모든 펫들이 침묵하고 있었다.

그 뒤쪽에서 미겔이 인파를 헤치고 얼굴을 내밀었다.

리키는 노골적으로 혀를 찼다. 차라리 이대로 당장 도망쳐버릴

까. 그런 생각이 머리를 스치고 지나갔다.

지금 이런 상황에서 보고 싶은 얼굴은 아니었다.

그러나.

"리키!"

다른 펫들 모두 얼굴도 다리도 얼어붙어서 꼼짝도 못 하고 있는 가운데 미겔은 미소까지 지으며 다가왔다.

미겔의 등 뒤에서 펫들이 뭐라 말할 수 없는 표정으로 술렁거리기 시작했다.

3주 만에 온 별관인데 정말 운이 없군… 진심으로 그렇게 생각했다.

"되게 오랜만이다. 어떻게 된 거야?"

미겔이 주위의 분위기도 파악하지 못하고 친근하게 말을 걸어왔다. 리키는 말없이 그를 무시했다.

말은 통하는데 대화가 성립되지 않는 상황은 최악이다.

미겔은 남의 말을 듣지 않는다기보다는 근본적으로 리키에 대한 위기감이 결여되어 있는 듯했다.

그 사실이 주위의 반목과 불안을 자극한다는 사실을 그는 전혀 깨닫지 못하고 있다. 아니면 깨닫고 싶지 않은 걸까. 혹은 다른 속셈이 있는 걸까.

생글생글 웃는 얼굴 아래 무슨 생각을 하고 있는지 알 수가 없어서 도무지 상대하기가 힘들다.

리키는 그대로 성큼성큼 걷기 시작했다. 엘리베이터를 향해서.

통로를 막고 있던 펫들이 허둥지둥 길을 비켰다. 아니… 엮이기를 두려워하는 것처럼 모두가 일제히 뒤로 물러섰다.

"식물원에 가는 거야?"

리키가 아무리 무시해도 미겔은 아랑곳없이 따라왔다. 리키의 무뚝뚝한 표정이라면 이제 익숙하다는 듯이.

"리키가 안 오는 동안 파란 꽃이 잔뜩 피었어."

시선조차 주지 않는 리키에게 아무렇지도 않게 다가오는 점이 정말로 성가셨다.

"방해돼, 따라오지 마."

눈으로.

입으로.

태도로.

단호하게, 확실하게 거절했다.

"어린애는 어린애랑 놀아. 날 방해하지 말고."

많은 사람들이 지켜보는 가운데 단호하게 방해가 된다는 말을 들은 미겔은 한순간 숨을 삼키며 그 자리에 멈춰섰다.

그 모습을 곁눈질로 흘끗 확인하며 리키는 홀로 엘리베이터에 올라탔다.

'나와 얽히면 좋은 꼴은 못 볼 테니까…'

단순한 기우가 아닌 현실을 몸서리쳐질 만큼 곱씹으면서….

───※───

열흘 뒤.

리키는 여느 때처럼 식물원의 마음에 드는 장소에서 전자책을 읽고 있었다.

정밀한 홀로그램과 함께 떠오르는 신화를 번역 모드가 아닌 고대 엘란트어로 읽고 있으면 난해한 퍼즐을 풀어나가는 듯한 재미가 있어서 시간도 빠르게 흐른다.

인공적인 건물 안에 만들어진 식물원에 부는 바람과 햇볕과 물 흐르는 소리는 진짜가 아니지만 땅도 나무도 꽃도 새도 작은 동물도 결코 가짜는 아니다. 설령 그것이 타나그라의 최첨단 기술로 만들어낸 절멸종의 복제라 해도, 오감을 기분 좋게 자극하는 점은 야생이나 다를 바 없다.

누구에게도 방해받지 않는 자유 공간.

그날 이후 미겔은 리키 앞에 모습을 드러내지 않았다. 그토록 귀찮게 들러붙더니 별안간 발길이 뚝 끊겼다.

『시끄러워.』

『방해돼.』

『달라붙지 마.』

똑같은 말이라 해도 많은 사람이 지켜보는 가운데 당하는 거절은 그 의미도 무거움도… 다른 모양이다.

어쨌든 리키에게는 일상이 돌아왔다.

잘된 일이다. 리키뿐만 아니라 미겔에게도. 리키는 그렇게 믿어 의심치 않았다.

펫의 황금기는 짧다. 그것이 피할 수 없는 현실인 이상 미겔도 섣불리 자신과 얽혀서는 안 된다. 그렇게 생각했다.

리키가 누구에게도 관심을 주지 않고 개인적으로 타인과 접촉하지 않으면 묘한 화학 반응도 일어나지 않고 일상의 평화를 유지할 수 있다. 사소한 소동은 있어도 적어도 요란한 스캔들이 일어나지는 않는다.

그러나 그날.

리키의 평화는 전혀 예기치 못한 곳에서 깨졌다.

소녀 한 명이 잔뜩 화가 난 얼굴로 숨을 헐떡이며 느닷없이 리키의 눈앞에 달려들었다.

"뭐야, 바보. 너 때문에 다 엉망진창이 됐잖아! 기대했는데… 정말 기대했는데… 잡종 주제에! 파티에도 참석하지 못하는 쓰레기 주제에…, 바보―!"

소녀는 빨갛게 충혈된 눈으로 리키를 노려보며 큰소리로 비난을 퍼부은 후 사라졌다.

"지금 그건… 뭐지?"

뭐가 뭔지 도통 이해할 수 없는 리키에게 당혹감만을 남긴 채.

다음 날도.

그다음 날도.

두 번 일어난 일은 반드시 한 번 더 되풀이된다… 는 옛말처럼 리키는 똑같은 원망 섞인 비난을 들었다. 전혀 본 적도 없는 소녀들에게 각각 다른 곳에서.

새로운 게임인가?

아니면 무슨 히스테리?

미간에 깊은 주름을 새기며 리키는 생각에 잠겼다.

첫 번째는 그저 멍했고.

두 번째는 화가 났고.

세 번째는 불쾌지수도 최고조에 달했다.

흥분한 사람에게 요란하게 한 방 먹여서 불에 기름을 붓는 어리석은 짓을 하지 않을 만한 분별과 자제심은 갖고 있다. 하지만 뭐가 뭔지 도통 알 수가 없다는 점이 제일 화가 났다.

게다가 상황을 파악하지 못한 사람은 오직 리키뿐, 주위에서는 뭔가 묘하게 납득한 듯한 분위기가 풍기는 게 더더욱 화가 났다.

이러다 만약 네 번째가 나타나면 분명 폭발하리라. 그렇게 생각하지 않을 수 없을 정도였다.

무슨 일이냐고 칼에게 물어볼까 생각도 해봤지만 그랬다가는 전부 이아손의 귀에 들어가게 되리라. 이건 리키 혼자만의 억측이 아니다. 단순히 리키 혼자만의 생각이 아니다.

퍼니처는 담당 펫에 대해 주인에게 빠짐없이 보고할 의무가 있기 때문이다.

그건 곤란하다.

위험하다.

될 수 있으면 피하고 싶다.

그렇게 조금 고민하고 있을 무렵.

리키는 여느 때처럼 거처를 나와 최상층에서 엘리베이터를 타고 별관으로 이어지는 스카이 튜브가 있는 30층에 내렸다.

그때.

리키는 묘한 위화감을 느꼈다.

평소에는 별관으로 향하는 펫밖에 없는 엘리베이터 홀에 낯선 인물이 서 있었기 때문이다.

칼과는 디자인과 색이 약간 다른 제복. 아마도 누군가의 퍼니처인 모양이다. 그 사실 자체는 너무나 명백해서 조금도 마음에 걸리지 않았다. 다만 신참 펫을 길들이기 위해 목줄을 맨 펫을 데리고 다니는 경우 외에는 이런 곳에 있을 리 없는 퍼니처가 혼자 서 있다는 사실에 위화감을 느낄 수밖에 없었다.

'뭐하는 거야, 저 녀석⋯.'

무심코 발걸음을 멈추고 물끄러미 바라본 것은 퍼니처의 얼굴이 지독히 창백했기 때문이었다. 당장이라도 비틀거리며 쓰러질 것 같은 그 얼굴은 아무리 봐도 위험해보였다.

'괜찮나, 이 녀석⋯.'

절로 그런 생각이 들었다.

그때.

리키와 눈이 마주치자마자 퍼니처는 한순간 눈을 크게 떴다. 살짝 경직된 입술은 뭔가를 말하고 싶은 듯 부들거리고 꽈악 움켜쥔 주먹은 눈에 띄게 떨리고 있었다.

"너는⋯."

목구멍에서 쥐어 짜낸 듯한 갈라진 목소리가 흘러나왔다.

"너 때문에⋯."

가늘게 뜬 눈은 분노로 일그러졌다.

"어째서 너는⋯."

그리고 증오로 가득 찬 가시가 리키를 찔렀다.

"왜, 너만, 항상… 특별한 거야."

혐오로 가득한 경멸이라면 익숙하다.

미움이 담긴 비난도 이미 귀에 딱지가 앉도록 들었다.

시끄럽게 화를 내고 아우성치는 것도 이미 일상다반사. 이제는 아무렇지도 않다.

하지만 펫이 아닌 퍼니처가 이렇게 감정의 돌멩이를 던지는 것은 처음이었다.

어째서?

리키는 진심으로 놀랐다.

'누구지? 이 녀석.'

평소 다른 거처의 퍼니처와는 좀처럼 얼굴을 마주칠 일이 없다. 블론디의 퍼니처도 마찬가지다.

현재 리키가 간신히 얼굴과 이름을 인식하고 있는 것은 아이샤의 퍼니처 토마와 라울의 퍼니처 레이뿐이다. 그조차 스타인과 미메아와 얽히지 않았더라면 알 기회조차 없었으리라. 그만큼 다른 퍼니처와는 소원할 수밖에 없다.

하지만 리키가 그렇다고 해서 상대도 똑같다고는 할 수 없다.

퍼니처의 의무는 펫의 관리이기 때문이다. 퍼니처 전용 단말에도 한도는 있지만 블랙리스트에 오른 펫은 요주의인물이기 때문에 다른 퍼니처도 이미 리키의 프로필을 체크했을 것이다.

'이 녀석은… 위험해.'

펫의 행동은 유치하고 충동적이지만 이 녀석은 다르다. 정말로 폭발하기 직전의 얼굴이다.

이런 얼굴은 매우 익숙하다. 특히 슬럼에서는.

이런 상황에서는 무슨 말을 해도 소용없다. …아니, 최악의 경우 오히려 화를 돋우게 될 가능성이 크다. 그 상대가 펫이 아닌 퍼니처라는 사실이 리키는 도무지 이해되지 않았다.

다시 돌아온 후 리키는 아직 처벌을 받을 만한 짓을 한 적이 없다. 지난 3주간의 근신도 분명히 뭔가 다른 이유가 있을 것이다. 무엇보다도 처음 보는 퍼니처에게 이런 증오에 찬 눈빛을 받을 만한 기억은 없다.

하지만 진짜 위험하다─는 생각이 들어도 딱히 무섭지는 않았다. 위험하다는 건 트러블의 예감이 크기 때문일 뿐 신변의 위험이 느껴진다는 의미는 아니다.

무엇보다도 지금껏 싸워온 경험이 다르다.

슬럼에서 자란 리키와 잘 관리된 상자 정원에서 한 발자국도 밖으로 나온 적 없는 퍼니처는 레벨이 너무 달라서 싸울 마음조차 들지 않는다.

"너 때문에 나는…, 나는…. 그런데 항상 너만 무심한 얼굴로… 너무 이상하잖아!"

그 순간.

리키는.

뭔가가….

어딘가에서… 뭔가가 작게 터진 듯한 기분에 흠칫 눈을 크게 떴다.

'지금 그 말… 어디선가….'

단순한 기시감이 아니다.

"이상해…. 이건 뭔가 잘못된 거야."

스타인이 괴성을 지르며 엉거주춤한 자세로 달려들었던─그보다 더욱 이전.

"내가 모든 걸 잃는다면 너도 똑같은 꼴을 당해야 해!"

그 말에 담긴 독.

전에도 이런 적이 있었다.

『너 때문에 나는 셰르를 잃었어. 그런데 너만 행복해지려고 하다니… 너무 불공평하잖아. 내가 잃어버린 만큼 너도 뭔가를 잃어야 해!』

그건… 라비다.

가디언 시절의 라비.

그렇게 생각한 순간.

두근, 심장이 세차게 뛰었다.

'아… 니야.'

절대 라비일 리 없는데도 라비를 연상시키는 퍼니처를 리키는 물끄러미 응시했다.

'이 녀석은….'

지금 리키의 눈앞에 서 있는 이 녀석은….

"너─빈스, 냐?"

아득한 기억 밑바닥에서 무심코 그 이름이 입 밖으로 튀어나왔다.

순간.

퍼니처의 얼굴은 더할 나위 없이 추악하게 일그러졌다. 마치 리키가 부주의하게 던진 말이 금기의 방아쇠를 당겨버린 듯이.

———⚜———

그때.

아이샤의 퍼니처 토마는 펫의 방에서 침대를 정돈하고 있었다.

주름 없이, 늘어지지 않도록 시트를 팽팽하게 당겨서 매트에 끼워 넣는, 평소의 일과 중 하나인 작업을 하고 있을 때, ID대신 착용하고 있는 암릿이 작게 울렸다. 영상 통화 호출음이었다.

"뭐야? 이 시간에 웬일이지."

심지어 화면에 표시된 ID넘버는 시큐리티 가드가 아닌 플래티나 라인의 휴대 단말이었다.

퍼니처의 필수품은 방에 비치된 생체 인증이 완료된 단말기와 밖에 나갈 때 들고 다니는 휴대용 단말기다. 언제 무슨 일이 생겨도 곧바로 연락되도록 하기 위해서다.

하지만 긴급 호출은 웬만해서는 울리지 않는다.

'오스카의 휴대 단말? 무슨 일이지?'

어지간해서는 울릴 일이 없는 호출에 토마는 점점 의아한 듯이 눈썹을 찡그리며 영상 통화를 켰다.

그러나 토마가 입을 열기도 전에 상대가 빨랐다.

『빨리 와! 의료 장비를 들고 당장 와줘! 30층 엘리베이터 홀로!』

오스카는 일방적으로 말한 후 곧 통화를 끊어버렸다.

"뭐야? 대체 무슨 일이지?"

어쨌든 오스카의 상태가 심상치 않은 것만은 분명하다. 토마는 영문도 모른 채 의료 장비를 들고 방을 나섰다.

30층, 엘리베이터 홀.

서둘러 달려가자 오스카가 창백한 얼굴로 토마를 기다리고 있었다.

"토마…."

얼굴은 경직되고 목소리는 심하게 떨리고 있었다.

"뭐야? 왜 그래? 다치기라도 했어?"

오스카는 아무 대답 없이 토마의 팔을 움켜잡고 비칠거리며 홀 뒤쪽으로 끌고 갔다. 그곳은 마침 감시 카메라의 사각지대였다.

대체 뭐야?

그렇게 물으려던 순간 토마는 눈을 크게 뜨며 그대로 멈춰섰다.

리키가 왼팔에서 피를 흘리며 벽에 기대어 있었고 그 발밑에 팔이 피로 범벅된 퍼니처가 엎드려서 쓰러져 있었다. 결코 넓다고는 할 수 없는 그곳 가장 안쪽에서는 목에 목줄을 맨 암컷 펫이 공포에 질린 얼굴로 울고 있었다.

"리키… 님…."

여기서 무슨 일이 있었는지보다 칼에 베인 리키의 팔이 토마를 더욱 창백하게 만들었다.

일단 지혈을 하려고 했는지 팔 위쪽에 분홍색 리본이 묶여 있었다. 무서울 만큼 이 상황과 어울리지 않는 리본은 아마 신참 펫의 머리에 묶여있던 장식이리라.

오스카의 손이 피로 얼룩져있지 않은 걸 보면 저건 리키가 스스로 한 짓이다.

바닥에 굴러다니고 있는 물건은 퍼니처 전용 만능 나이프였다.

'…거짓말…'

한순간 휘청 현기증이 나는 것을 필사적으로 참으며 무릎을 꿇은 토마는 재빨리 의료 장비함을 열고 리키의 상처에 지혈 스프레이를 뿌렸다.

"오스카, 뭐하는 거야. 시큐리티를 불러!"

토마의 고함에 오스카가 움찔 경직했다.

"…부르지 마."

잔뜩 쉰 목소리로 리키가 작게 중얼거렸다.

오스카는 토마와 리키를 번갈아 바라보며 숨을 삼켰다. 누구 말을 들어야 할지 고민하는 눈치였다.

"들키면 곤란하니까 시큐리티는 부르지 마."

"무슨 말씀을…."

들키면 곤란한 정도가 아니다.

이런 일이 들키지 않을 리가 없다.

그건 최악의 트러블메이커라고 불리는 리키가 제일 잘 알고 있을 텐데…

대체 어떤 이유로 이렇게 됐는지는 모르지만 이대로 방치할 수

있는 문제가 아니다. 그러다 들키면 퍼니처가 책임을 추궁당하게 된다. 토마의 입장에서 그런 사태만은 반드시 피하고 싶었다.

"시큐리티는 부르지 마. 일을 크게 만들기 싫으니까. 내 발로 의료실에 갈게. 도와줘."

진심으로 그렇게 생각하고 있는 듯한 리키의 태도에 토마는 할 말을 잃었다.

혹시 그러려고 자신을 부른 걸까 생각하니 다른 의미에서 저도 모르게 얼굴이 굳어버렸다.

'무슨 생각이야, 이 사람…'

"이봐…, 좀 도와달라니까."

리키는 오른손으로 토마의 팔을 움켜잡고 벽에 등을 기댄 채 그대로 일어서려 했다. 토마는 허둥지둥 리키를 막았다.

"안 됩니다. 통보하지 않고 방치하면 퍼니처가 책임을 추궁당합니다."

엄격한 어조로 단호하게 말했다. 토마에게는 그야말로 장난으로 넘길 수 없는 큰일이었다.

"…진짜?"

아무 일도 없었더라면 똑바로 쳐다보기조차 망설여질 정도로 새카만 눈동자도 왠지 패기가 없어 보였다.

"당연하지요."

벽에 기대어 있는 건 아마 빈혈 때문에 똑바로 서 있기가 힘겹기 때문이리라. 그 때문에 정상적인 판단력을 상실했을지도 모른다고 생각하면 으드득 이가 갈렸다.

'이 일이 이아손 님께 알려지면…'

오싹했다.

그런데도 리키는 살짝 위를 올려다보며 건방지게 중얼거렸다.

"그걸 어떻게든 처리하는 게 네 능력 아니야?"

그건 또 무슨 어처구니없는 논리인가.

"말도 안 되는 소리 하지 마세요. 그게 가능할 리 없지 않습니까."

농담이 아니라 어질어질 현기증이 날 지경이었다.

"글쎄 시큐리티는 부르고 싶지 않아."

리키는 마치 떼를 쓰듯 되풀이했다. 어쩌면 그거야말로 있을 수 없는 광경일지도 모른다.

"오스카, 시큐리티를 불러!"

토마는 당황해서 어쩔 줄 모르는 오스카에게 소리쳤다.

오스카가 허둥지둥 휴대 단말기로 연락을 했다.

'나 참. 처음부터 실수하면 어쩌자는 거야.'

이런 상황을 위한 매뉴얼은 완벽하게 외우고 있는데 이토록 아무런 도움도 되지 않다니. 화가 났다.

아무리 매뉴얼과 현실이 다르다 해도 그건 구차한 변명에 불과하다.

아마 시큐리티를 부르지 말라는 리키의 위압감에 짓눌려서 그대로 따를 수밖에 없었던 것이겠지만.

그런 토마의 걱정을 꿰뚫어 보듯, 리키가 단호하게 말했다.

"저 녀석한테 뭐라고 하지 마. 내 명령을 따른 것뿐이니까."

퍼니처가 최우선으로 따라야 하는 것은 주인의 명령이지만 펫에게 거역하는 것도 용서되지 않는다. 설령 그것이 아무리 억지스러운 명령이라 해도.

그게 당연한 권리인 양 제멋대로 구는 펫은 많지만 징벌을 각오하고 퍼니처를 감싸는 펫은 단 한 명도 없다.

유일한 예외가 지금 토마의 눈앞에 있었다.

'이 사람이 노려보면 누구든 꼼짝도 할 수 없을 거야.'

무엇보다도 그는 블론디에게 반말과 폭언을 일삼는… 그런 인물이다.

실제로 스타인이 문제를 일으키는 바람에 그 모습을 직접 목격했을 때에는 그야말로 졸도할 뻔했다. 소문은 들었지만 그 놀라운 광경을 직접 보는 것과 듣는 것은 매우 큰 차이가 있었다.

가장 큰 문제는 단순히 그런 척만 하는 게 아니라는 점이다. 그걸 자각하고 있으면서도 절대 자신을 굽히려 하지 않는 그는 꽤나 질 나쁜 확신범이라고 할 수 있다.

그 모습을 매일 지켜보는 칼은 아직도 적응하지 못하고 위가 욱신욱신 쑤신다고 한다….

"왜 그렇게 꺼리는 겁니까?"

시큐리티가 오기 전까지 시간을 때우기 위해서가 아니라… 이때를 놓치면 리키와 대화할 수 있는 기회는 두 번 다시 없을 듯해서 토마는 그렇게 물었다. 물론 리키가 제대로 대답해줄지 어떨지는 알 수 없지만.

"불상사가 밖으로 흘러나가는 건 절대 금지라고 했거든. 원흉이 누구건 즉각 살롱에 출입 금지시킬 거라고."

한순간 가슴이 덜컥 내려앉았다.

"그렇… 습니까."

리키가 제대로 대답을 했다는 점에도 놀랐지만 그 내용은 더욱 놀라웠다.

늘 고고해 보이는 리키조차 폐쇄감에는 익숙해지지 않는다. 그렇게 말하는 듯한 기분이 들어서.

그렇다면 지난 3주간의 근신 처분은 꽤나 괴로웠으리라. 그 처분에 싫든 좋든 한몫을 보탰던 토마는 왠지 씁쓸한 기분이었다.

그걸로 예의 파라디타 문제가 해결됐건 말건 토마가 알 바 아니다. 토마의 영역은 어디까지나 퍼니처의 업무에 불과하기 때문이다.

"너… 이 녀석이 누군지 알아?"

엎드려 있는 퍼니처를 턱으로 가리키며 리키가 말했다.

"이 제복은 오닉스의 퍼니처로군요."

"어쩌면 갈비뼈 2, 3개쯤은 부러졌을지도 몰라."

흠칫 놀랄 만한 말을 태연하게 내뱉는 것은 슬럼이 얼마나 살벌한 곳인지 말해주는 증거 같아서 토마는 한순간 굳어버리고 말았다.

미동조차 하지 않는 그 상태에 단순한 우려를 넘어 불길함이 느껴졌지만 폭력에 익숙한 리키라면 단순히 기절한 건지 아닌지 그 정도는 판단할 수 있을 것이다.

하지만 앞으로 어떻게 될지 생각해보면 아무래도 개인적인 문제로 끝날 것 같지는 않다. 말하자면 퍼니처 전체의 책임 문제가 될 가능성도 아예 없지는 않다. 토마의 얼굴은 점점 더 딱딱하게 굳어졌다.

똑같은 우려를 품고 있는 듯한 오스카는 길을 들이는 시기에 갑자기 어처구니없는 광경을 목격하고 반 광란 상태에 빠진 신참 펫을 필사적으로 달래면서도 흘낏흘낏 이쪽을 살펴보고 있었다.

『누구?』

입을 뻥긋거리며 묻는 토마에게 오스카는 고개를 저었다.

오닉스의 퍼니처 중에 리키를 상대로 '이런 짓'을 저지를 만한 자. 그걸 생각하다가 문득… 어떤 예감 같은 것이 목구멍으로 치밀었다.

'설마….'

토마의 손바닥에 식은땀이 축축하게 배어 나왔다.

그래도 얼굴을 확인하지 않을 수 없었다. 천천히 반대편으로 돌아가서 엎드린 사람의 얼굴을 들여다보았다.

순간.

토마는 예감이 현실이 되어버린 충격에 꾸욱 입술을 깨물었다.

"…사이먼."

그 나지막한 중얼거림을 놓치지 않고 오스카가 눈을 크게 떴다.

"거짓말… 사이먼이야?"

"사이먼? 이 녀석이?"

동시에 리키가 눈을 가늘게 떴다.

잠시 침묵이 흘렀다. 서로 다른 세 가지 색의 침묵이었다.

그리고.

"이 녀석, 진짜 사이먼이야? 파라디타의… 미겔의 퍼니처?"

리키가 의심스러운 듯이 물었다.

토마는 깜짝 놀라고 말았다. 리키가 어째서 그런 것까지 알고 있는 걸까.

보통 펫은 다른 퍼니처의 이름 따윈 알지 못한다. 그뿐인가, 자기 퍼니처의 이름도 제대로 외우지 못하는 경우도 결코 드물지 않다. 펫에게 퍼니처란 그 정도 가치밖에 없기 때문이다.

그런데 어째서?

"사이먼을 알고 계십니까?"

"몰라. 내가 아는 건 미겔의 퍼니처 이름이 사이먼이라는 것뿐이야. 그 녀석이 그렇게 말했으니까."

그렇게 말한 후 리키는 잠시 입을 다물었다.

미겔이 리키를 졸졸 따라다녔다는 얘기는 토마도 알고 있지만 그런 얘기까지 떠들어댔을 줄은 몰랐다.

깊이 생각해서 답을 찾기에는 아직 뭔가가 부족하다―그렇게 말하고 싶은 듯한 리키의 얼굴은 몹시 진지했다.

화려한 무용담이 주로 눈길을 끌기 쉽지만 리키에게는 그 외에도 눈여겨볼 점이 많다는 사실을 토마는 알고 있었다.

글을 읽을 줄 아는 것이 당연한 자의 입장에서, 모든 것이 색채와 간략한 도형으로 이루어진 에오스는 지나치게 이질적이라 감각의 균형을 잡기 힘들다. 토마 같은 퍼니처는 전용 단말기가 주어져서 보다 고도의 학습을 할 수 있기 때문에 아무 문제도 없지만 리키는 그렇지 않다.

그 무엇에도 비굴하게 굴지 않고.

그 누구에게도 무릎을 꿇지 않는.

슬럼의 잡종이라는 사실에 긍지를 갖고 있으며 그걸 숨기려고도 하지 않는 리키가 유일하게 갖고 싶어 한 물건이 전자책이라는 사실을 알았을 때에는 두 가지 의미로 한숨이 흘러나왔다. 모든 것이 지나치게 유치해서 에오스에 적응할 수 없는 리키의 절박함과, 어처구니없는 비상식적인 짓을 아무렇지도 않게 해치우는 이아손의 지독한 악취미가 결코 단순한 장난이 아니라는 사실을 깨달았기 때문이다.

어쨌든 리키에게 불가사의한 매력이 있음은 사실이다. 다른 펫에게는 털끝만큼도 관심이 없었던 토마조차 리키의 존재는 무시할 수 없었다.

그때.

리키가 천천히 고개를 들었다.

"혹시 에오스의 퍼니처가 되면 다들 이름이 바뀌나?"

느닷없이 날아온 어처구니없는 질문에 토마는 어리둥절한 표정을 지었다.

"퍼니처로 선발되면 그런 조건이 붙는 거야?"

'이 사람… 무슨 소릴 하는 거지?'

심장이 두근두근 빠르게 뛰었다. 토마의 관자놀이를 가차 없이 걷어차는 듯했다.

"무슨 말씀이신지… 잘 모르겠습니다."

애써 평정을 가장하며 말했다.

그러나 입술 끝이 움찔움찔 경련하는 것은 막을 수 없었다.

"이 녀석은 사이먼이고 너는 토마. 저 녀석은 오스카. 그게 전부 진짜 이름이 아니라 퍼니처 네임이냐고 묻는 거야."

리키의 눈빛은 흔들림이 없었다. 그 검은 눈동자는 무서울 만큼 진지했다.

그 시선이 문득 움직여 사이먼을 가리켰다.

"이 녀석은 사이먼이 아니야."

나지막한 중얼거림이었다. 마치 가슴 깊은 곳에서 치밀어 오르는 뭔가를 필사적으로 부정하고 싶어 하는 듯했다.

"내가 알고 있는 이름은 빈스. 이 녀석은… 사이먼이 아니야. 빈스야. 가디언 시절 블록메이트. 나보다 한 살 어렸던… 빈스."

그 순간.

토마는 숨을 삼키며 얼어붙었다.

7장

"정말 중대한 사태로군."

미간에 깊은 주름을 새기며 오르페가 낮게 중얼거렸다.

"설마 이렇게 될 줄이야…."

라울이 몹시 씁쓸한 어조로 말했다.

"자네 펫은 정말 최악의 트러블메이커로군, 이아손."

평소에는 무기질적인 아이샤의 목소리도 단번에 알아차릴 수 있을 만큼 살벌했다.

"대체 어떻게 생겨먹은 녀석이지?"

"이 정도면 단순한 트러블메이커가 아니라 이미 걸어 다니는 재앙이다."

"주위의 피해는 막대하지만 원흉에게는 자각이 부족하다는 점도 그렇지."

리키를 펫으로 삼아 에오스에 데려온 후로 원탁을 둘러싸고 이아손에게 집중 공격이 날아오는 일은 그다지 드물지 않았지만 이번만큼은 그 방향이 달랐다.

소동의 상대와 상황이 변해도 스캔들의 원흉은 언제나 똑같다.

리키를 다시 에오스로 데려오는 문제에 대해 블론디들이 열띤 논의를 벌인 것은 사실이며 최종적인 판단은 오르페가 내렸다.

『고이고 정체된 평화에 자극을 가해 신선한 바람을 불러온다.』

슬럼의 잡종을 에오스로 데려올 때 이아손은 그렇게 주장을 내세웠다. 그러나 위험 요소를 안고 있는 도박은 그 반동도 크다.

하지만 위험 요소가 예측의 범위를 크게 상회한다고 해서 말도 안 되는 책임까지 떠맡자니 이아손의 입장에서도 화가 치밀었다.

"이번에 일방적으로 피해를 입은 건 리키 쪽일 텐데?"

냉랭하게 되받아쳐도 세 명의 미간에 새겨진 주름은 사라지지 않았다.

팔에 난 상처는 생각보다 깊고 출혈도 심해서 리키는 3일이 지난 지금도 의료실에서 돌아오지 않고 있었다.

아니. 상황은 보고받을 수 있지만 면회조차 불가능했다. 이아손의 입장에서는 그야말로 불쾌하기 그지없었다.

치료 중이라는 건 그저 명목일 뿐 사실은 사건에 대해 심문하는 게 아닐까 의심스러울 지경이었다. 상황이 확실해질 때까지 격리할 수밖에 없다고 오르페가 강하게 의향을 표시하는 건가 하는 생각도 들었다.

그렇다고 이런 상황에서 주인의 권리를 주장하며 억지를 부릴 만큼 이아손은 어리석지 않았다. 이아손 또한 진상을 규명해야 한다는 점에는 아무 이의도 없었다.

"예의 퍼니처는 타박상으로 인한 피하출혈, 내장 염증, 쇄골 골절, 늑골도 몇 개 금이 갔다더군."

"정당방위다."

이아손은 단호하게 대답했다.

실외로 들고 나가는 게 금지되어있는 만능 나이프까지 들고 있었다. 살의가 있었다고 인정하는 것이나 마찬가지다. 리키가 적당히 봐주지 못했다 해도, 또는 그럴 생각이 없었다 해도 책망할 권리는 누구에게도 없다.

에오스로 다시 돌아온 후 리키가 어떤 의미로 꽤나 얌전하게 지냈던 것은 사실이다. '선을 넘지 마라'고 한 말을 리키 나름대로 충실하게 지키고 있었던 셈이다. 그렇지 않다면 예의 파라디타가 귀찮게 쫓아다닌 시점에서 좀 더 요란하게 말썽이 일어났을 테니까.

좀 더 확실하게 말하자면. 다시 돌아오기 전에도 돌아온 후에도 리키는 스스로 문제를 일으킨 적은 한 번도 없었다. 싸움을 걸어오면 맞서 싸웠던 것뿐이다.

"그 녀석도 그렇게 주장하더군."

"그럼 뭐가 문제지?"

"사건의 진위를 캐물어도 고집스럽게 입을 열지 않아."

이아손은 가볍게 눈썹을 찡그렸다.

"그게 아직도 리키를 구속하고 있는 이유인가?"

"그래."

더 이상 숨길 필요가 없어진 것일까, 오르페는 순순히 인정했다.

이번 일은 당사자 사이에 엄격한 함구령이 내려지기 전에 이미 꼬리에 꼬리를 물고 거대한 스캔들로 부풀어 올라 에오스 전체를 돌아다니고 있었다.

오스카의 연락을 받고 시큐리티가 달려오기 전에 별관에서 돌아온 펫들이 그 광경을 목격했기 때문이다.

오닉스 계급인 사이먼의 주인은 자신의 퍼니처가 블론디의 펫, 그것도 악명 높은 트러블메이커 리키를 상대로 어처구니없는 폭행을 저질렀다는 사실을 알고 분명 뇌 신경이 새까맣게 타버렸으리라.

『죄송합니다!』

눈앞에서 이아손이 사라진 후에도 그는 여전히 깊게 머리를 숙이고 있었다.

펫의 불찰은 주인의 수치지만 퍼니처의 불상사는 주인의 이름에 먹칠을 하는 것이나 다름없다.

그런 의미에서는 과거 두 번이나 불상사를 수습해야 했던 이아손의 명성도 땅에 떨어져야 마땅하지만 블론디와 오닉스의 차이는 매우 크다.

요 몇 년 동안 희소가치가 높은 미겔 덕분에 짭짤한 재미를 봤던 주인의 체면은 무참하게 산산이 조각나고 운도 다했다고 할 수 있다. 물론 이아손은 그런 것쯤 신경조차 쓰지 않았지만.

"그럼 왜 리키를 공격한 건지 퍼니처 본인에게 물어보면 되지 않나."

"그게 좀 골치 아픈 문제가 발생해서 말이야."

그게 뭐지?

시선으로 묻자 오르페는 흘낏 라울을 바라보았다.

"생명에 지장은 없지만 그 녀석은… 망가져 버렸다."

이아손의 눈이 살짝 가늘어졌다.

"뇌에 특별한 외상은 보이지 않지만 정신이 붕괴되어 버렸다더군. 한마디로 살아 있는 시체나 마찬가지야."

그 말에 이아손은 비로소 관계자도 아닌 라울이 동석한 이유를 깨달았다.

"기억이 결여되거나 혼란에 빠진 것도 아니야. 의식은 있지만 정신이 괴사 상태라고 해야 하나. 뇌사는 아니야. 자력으로 호흡도 할 수 있고 심장도 뛰고 있지만 아마 자신이 살아 있다는 의미조차 알지 못할걸."

"말하자면 식물인간 상태란 말인가?"

"그래."

"원인은?"

"몰라. 그걸 알아내고 싶어도 기억이 완벽하게 삭제되어 버려서 말이야."

"뇌세포가 초기화되었나?"

"아니. 단순히 초기화된 거라면 기억을 이식해서 재사용할 수도 있지만 시냅스가 괴사해버리는 바람에 더 이상 써먹을 수가 없어. 그런 거지."

즉, 폐기할 수밖에 없다는 뜻이다.

"퍼니처는 써먹을 수 없어도 시큐리티 영상이 있지 않나."

그 녹화영상이 있으면 리키의 정당방위는 증명된다.

순간 오르페가 벌레라도 씹은 듯한 표정을 지었다.

"실은 감시 카메라에도 약간 문제가 있어. 그 시간대에 어째서인지 일제히 시스템이 다운됐더군."

"에오스의 메인 시큐리티가 아니라 감시 영상만?"

오르페는 고개를 끄덕였다.

"약 30분 만에 복구됐지만 그사이에 녹화된 영상이 없어. 그 때문에 사건을 알아차리는 게 늦어져서 모두 한발 늦고 말았지."

오르페의 말을 듣고 있자니 마치 '누군가'가 사건을 은폐하기 위해 '고의적'으로 그런 짓을 '저질렀다'—고 말하고 싶은 듯했다. 물론 그건 절대로 불가능한 일이지만.

그런데도 오르페가 의심을 거두지 않는 건 과거 다릴이 시큐리티를 해킹하여 리키를 도망시킨 전례가 있기 때문일 것이다.

"한마디로 그 녀석의 주장을 뒷받침할 만한 증거가 아무것도 없다… 는 뜻이다."

이아손은 묵묵히 입을 다물었다.

있을 수 없는 퍼니처의 난폭한 행동.

입을 다물어버린 리키.

마음이 괴사해버린 퍼니처.

원인 불명의 시스템 다운.

이 기분 나쁜 암호는 대체 무슨 의미일까.

이번 일로 이익을 보는 사람은 누구인가.

또는 손해를 보는 사람은?

혹시 이건 리키를 강제처분하기 위한 음모 아닐까?

한순간 그런 생각이 머릿속 한구석을 스치고 지나갔지만 즉각 부정했다. 오르페의 자존심은 그렇게까지 낮지 않다.

그렇다면 뭘까?

"플래티나(은발) 라인의 퍼니처는 뭐라고 하지?"

"엘리베이터 홀에 도착했을 때 두 사람은 이미 피투성이였고 퍼니처는 꼼짝도 하지 않았다더군."

신참 펫을 길들이러 나왔다가 별안간 엄청난 광경을 목격한 플래티나의 퍼니처는 최악으로 운이 나빴다고밖에 할 수 없다.

"그 퍼니처의 말로는 당시 녀석의 목에는 목을 조른 듯한 손가락 자국이 뚜렷하게 남아 있었다더군. 하지만 나중에 달려온 아이샤의 퍼니처는 그런 손자국은 본 적이 없다고 주장하고 있어. 실제로 의료실로 실려 온 녀석의 목에 그런 흔적은 없었지. 아마 너무 놀라서 충격으로 잘못 본 게 아닐까 한다만…"

어쨌든 생각지도 못한 참상을 목격한 펫에게는 적당한 카운슬링이 필요할 것이다. 경우에 따라서는 트라우마가 남지 않도록 기억을 덮어씌우거나 소거하는 등 필요한 처치를 받게 될지도 모른다.

"그럼 차라리 그 파라디타에게 이야기를 들어보면 어때?"

이아손이 말했다. 단순히 즉흥적인 발상은 아니었다.

순간 세 사람은 각각 서로 다른 반응을 보였다.

라울은 무슨 말을 하나 했더니… 라는 듯 눈을 가늘게 떴다.

오르페는 별로 내키지 않는 듯 작게 한숨을 쉬었다.

그리고 아이샤는 그런 건 아무래도 상관없다… 는 듯이 그 말을 묵살했다.

이아손의 입장에서 딱히 앙갚음을 하기 위해 그 말을 꺼내지는 않았으나 오르페의 노골적인 표정을 보아하니 3주간의 근신은 아무래도 의미가 없었던 모양이다.

"그 파라디타는 지금 몸이 좋지 않아서 요양 중이다."

그렇다면 교미 파티도 필연적으로 취소되었으리라.

원인이 무엇인지는 이아손이 알 바 아니지만 지난번 근신 관련 문제도 그렇고 이번 불상사도 그렇고, 모든 게 그 파라디타와 관련되어 있다는 점이 아무래도 마음에 걸렸다.

"호오, 그것참 예정 밖의 오산이군."

딱히 앙심을 품은 정도는 아니지만 다소 빈정거림이 섞이는 것은 어쩔 수가 없었다.

"그래서 내가 한 가지 제안을 하고 싶은데."

여기서 얘기를 흐지부지 끝낼 수는 없다는 듯 오르페가 목소리에 힘을 줬다.

"리키의 입을 열기에 가장 쉽고 빠른 방법, 즉 약물을 사용하고 싶다면 대답은 '거절'이다. 기억 재생 장치에 집어넣고 머릿속을 멋대로 휘젓는 것도 안 돼."

이번에야말로 오르페는 커다란 한숨을 쉬었다. 혀를 차지 않은 것만으로도 다행인지 모르지만.

"구태여 그런 짓까지 하지 않아도 나한테 맡기면 그만 아닌가. 그걸 거부하는 이유는 뭐지?"

"그야 당연히 공모하면 곤란하기 때문이지."

아이샤가 냉랭한 어조로 끼어들었다.

"흘려 넘길 수 없는 발언이군, 아이샤."

무심코 냉소를 짓지 않을 수 없었다.

"내가 펫과 뭘 공모한다는 거지?"

"자네가 그 잡종에게 몹시 집착하고 있는 건 공공연한 사실이 잖아? 지독한 악취미이긴 해도 지금까지는 용인할 수 있는 범주였 지. 하지만 이번엔 달라."

대체 아이샤는 무슨 말을 하고 싶은 걸까. 이아손은 눈썹을 찡 그렸다. 오르페와 라울을 흘낏 쳐다봐도 이번 일은 아이샤에게 맡 길 생각인지 통 끼어들 생각이 없어 보였다.

즉 이아손 외에는 모두 사정을 확인했다는 뜻이다.

그렇다면 이아손도 섣불리 입을 열지 말고 순순히 귀를 기울일 수밖에 없었다.

"토마의 말에 따르면 자네의 잡종은 자신을 공격한 상대가 파 라디타의 퍼니처라는 사실을 몰랐던 모양이더군."

당연하다. 다른 블론디의 펫조차 관심이 없는 리키가 다른 사람 의 퍼니처, 그것도 플로어가 다른 퍼니처를 알 리가 없다.

"하지만 그 퍼니처가 누구인지는 알고 있었던 모양이야."

아이샤답지 않게 모순되는 말에 이아손은 문득 위화감을 느 꼈다.

"빈스, 라고 하더군. 그게 가디언에서 부르던 이름인 모양이야."

"…그렇게 된 건가."

이아손은 혼잣말처럼 중얼거렸다.

아직까지 리키를 구속하고 있는 진짜 이유.

사건의 진상 때문이 아니다. 퍼니처가 가디언에서 선출된 잡종 이라는 사실을 리키가 눈치챘다. 그 점이야말로 큰 문제라고 아이샤는 말하고 싶은 것이다. 리키가 고집스럽게 입을 다물고 있는 상황도 분명 그 사실과 관계가 있을 것이다.

솔직하고 가식 따위 모르는 리키의 독설은 상대를 가리지 않는다. 리키를 돌려보냈다가 이아손이나 퍼니처에게 진실을 다그치기라도 하면 그야말로 큰일이다.

만에 하나 그 사실이 리키의 입에서 누군가에게 새어나가 주위에 알려지기라도 하면 에오스 전체를 뒤흔드는 일대 스캔들이 될지도 모른다. 그것만은 절대 피해야 한다.

그렇게 된 것이다.

"에오스의 퍼니처가 동류란 사실을 알아버린 리키의 입을 막고 싶다. 그런 말인가?"

"그래. 뭘 어디까지 알고 있는지, 문제를 일으킨 퍼니처와는 무슨 대화를 했는지 알아야겠네. 퍼니처의 뇌가 망가진 이상 단서는 자네의 잡종뿐이야. 전부 자백하게 만든 후 기억을 지우고 싶어."

모든 걸 자백하게 만들기 위한 약물 사용과 기억을 지우기 위한 뇌파 처리. 그렇다면 라울이 동석한 상황도 고개가 끄덕여진다.

만약 이아손이 선수를 쳐서 거부하지 않았더라면 아이샤도 오르페도 그럴듯한 이유를 붙여서 진실을 어둠 속에 묻어버렸을 것이다.

"나를 쉽게 구워삶을 수 있으리라 생각했나?"

"자네가 지독한 악취미를 가진 줄은 잘 알고 있지."

"하지만 최후의 수단은 될 수 있으면 쓰고 싶지 않았다, 그런 건가?"

날 우습게 봤군.

이아손은 그 말을 입안으로 삼켰다.

"그 녀석에 대한 집착이 보통이 아니라는 걸 새삼 확신했다. 그런 거지."

말은 하기 나름이다.

그러나 마음속의 삐걱거림은 둘째 치더라도, 사건의 중대성은 무시할 수 없다.

"슬럼의 잡종은 아무런 유전자 조작이나 조교가 되어있지 않은 야생이다. 미다스에서 생산한 일련번호가 대상이라면 기억 조작쯤이야 쉽지만 잡종은 끈질겨. 그렇게 생각하지 않나, 라울?"

넌지시 키리에를 빗대어 말하자 라울은 벌레 씹은 듯한 표정으로 이아손을 노려보았다.

"기억을 억지로 조작하면 언젠가 어긋남이 생기게 마련이지. 그러면 더 큰 문제가 생기지 않을까?"

"그럼 어쩔 셈이지?"

"필요한 자백은 내가 받아내도록 하지. 그러면 귀찮은 절차도 필요 없고 차라리 훨씬 깔끔하지 않나?"

펫의 소유권은 주인에게 있다. 설령 에오스의 통괄책임자라 해도 주인의 허가 없이 멋대로 다룰 수는 없다. 펫에게 뭔가를 하려면 서면에 허가 서명을 받아야 한다.

아이샤는 잠시 입을 다물고 넌지시 오르페를 바라보았다.

"그 녀석이 순순히 입을 연다면 우리도 별 이의는 없어."

"알겠다."

이아손은 천천히 자리에서 일어섰다.

"이아손."

발걸음을 돌리기 직전, 아이샤가 그를 불러 세웠다.

"뭐지?"

"한 가지 명심해줬으면 하는 게 있어."

이아손은 눈짓으로 다음 말을 재촉했다.

"자네 펫이 무슨 생각으로 입을 다물고 있는지는 몰라도 그 녀석만큼이나… 아니, 그 이상으로 토마도 동요하고 있어."

퍼니처가 가디언 출신의 잡종이라는 사실은 블론디밖에 모르는 일급 기밀이다.

"우리뿐만 아니라 퍼니처도 납득할 수 있는 대답을 끌어내 줘."

보통은 절대 그런 말을 하지 않을 아이샤가 굳이 못을 박았다.

퍼니처가 동요하면 일상적인 업무에 지장이 생긴다. 그것만은 피하고 싶다—그런 뜻이다.

문득 지금 에오스가 직면한 문제의 근간을 엿본 듯한 기분이 들었다.

"명심하지."

그렇게 말한 후 이아손은 방을 나섰다.

◆

부드러운 색채로 통일된 의료실.

자고 일어나서 하루 세 번 식사를 한다.

그 외에는 아무것도 할 일이 없었다. 덕분에 리키는 침대 위에서 남아도는 시간을 주체하지 못하고 있었다.

의료실은 치료를 위한 격리실이다. 요양 시설과는 다르다. 리키의 무료함을 달래줄 것 따윈 아무것도 없다.

그런 리키도 문이 열리고 이아손이 나타난 순간 반쯤 무의식적으로 몸을 도사렸다.

"고생이 많군."

무슨 말을 할지 잔뜩 긴장했던 게 허무하게 느껴질 만큼 입을 열자마자 흘러나온 목소리는 부드러웠다.

"아픈가?"

"…이젠 괜찮아."

단순한 허세가 아니라 진짜였다.

"그 정도 상처는 앞으로 이틀만 지나면 원래대로 돌아갈 거다. 흉터도 남지 않을 만큼 깨끗하게."

딱히 상처 하나둘쯤 늘어나 봤자 아무렇지도 않지만 그것은 슬럼의 상식일 뿐 에오스에서는 다르다.

타나그라의 최첨단 기술은 의료 분야에서도 두드러진다. 그뿐만이 아니다.

『생명 윤리에 신의 영역 따윈 존재하지 않는다.』

그렇게 호언하는 라울은 우주 연방 제국의 종교가 집단으로부터 매드 사이언티스트라고 불리는 바이오테크놀로지의 제1인자다.

신을 두려워하지 않는 과학자에게는 아무런 금기도, 딜레마도, 가책조차 없다. 탐구자의 이상과 자존심, 그리고 화려한 실적만이 있을 뿐이다.

그 성과로 과거 난치병이라 불리던 병마의 치료법을 확립하거나 근절하여 모든 행성인들이 크건 작건 그 은혜를 누리고 있으나 과학의 진보와 종교의 윤리관 사이에 파인 골은 매우 깊다.

그 의료 기술은 에오스에서도 펫들의 아름다움과 건강을 유지하기 위해 활용되고 있다. 흉터는커녕 잡티 하나 없이 촉촉하고 매끄러운 피부. 그 피부에 선명한 키스 마크를 새기는 것이 펫의 자랑거리다.

그런 파티에 한 번도 참석한 적 없는 리키의 몸에서도 키스 마크가 사라진 적은 없었지만. 펫은 피부가 아름답지 않으면 안 된다는 '상식' 아래, 슬럼에서 싸움판을 뛰어다니며 생긴 상처는 하나도 남김없이 지워졌다. 그 상처 하나하나에 새겨진 추억조차 깨끗이 사라져버린 듯해서 리키의 입장에서는 그야말로 쓸데없는 참견이었으나 펫에게 거부권 따윈 없는 것이 에오스의 상식이다.

"언제 방으로 돌아갈 수 있지?"

"네가 사건의 진상을 털어놓으면 지금 당장에라도."

그렇다면 리키도 거부할 생각은 없었다. 아마도 그러기 위해 일부러 이아손이 자신을 데리러 온 모양이다.

이렇게 약 냄새가 풍기는 곳은 아무래도 마음이 불편했다.

"그럼 얼른 돌아가자."

진상이라면 이미 말했다.

옷을 갈아입고 빨리 돌아가면 그만이다. 그렇게 생각하며 침대에서 내려오려던 순간 이아손이 리키의 팔을 움켜잡고 그를 막았다.

"뭐야?"

"널 공격한 퍼니처는 가디언 시절의 블록메이트라지?"

느닷없이 핵심을 찔린 리키는 흠칫 몸을 움츠렸다. 그 얼굴에
노골적인 경계심이 번졌다.

"빈스… 라고 했던가?"

"사이먼이야."

설마 빈스가 미젤의 퍼니처 '사이먼'일 줄은 생각도 못 했다. 토
마에게 그 얘기를 들었을 때에는 몹시 놀라고 말았다.

빈스=사이먼.

그런 일이 과연 있을 수 있는 걸까?

단순한 우연이라기에는 지나치게 상황이 절묘하다. 그게 누구에
게 절묘한 건지는 별개로 치더라도….

"엘리베이터 홀에서 무슨 일이 있었던 거지?"

"그 이야기는 했잖아."

리키는 지긋지긋한 듯이 이아손을 노려보았다.

"나는 못 들었다만?"

그런 문젠가.

리키는 그렇게 생각하지 않을 수 없었다.

"감시 카메라 녹화 영상을 보면 바로 알 수 있잖아."

자신이 지금도 블랙리스트 제일 꼭대기를 차지하고 있다는 것
은 자각하고 있다. 별관에 머무는 동안 모든 행동을 감시당하고
있다는 사실도. 그것이 단순한 피해망상이 아니라 사실이라는 것

쯤은 지난번 근신 처분을 통해 잘 알고 있다.

그래서 시큐리티 가드가 사건에 대해 끈질기게 캐물어도 형식적인 진술로 끝냈다.

엘리베이터 홀에서 무슨 일이 있었는지는 일목요연했기 때문이다.

만능 나이프를 들고 달려드는 빈스와 맞서 싸웠다. 광란에 빠진 빈스를 카메라 사각지대로 유인하기란 생각보다 힘들었지만 그래도 결정적인 순간은 잘 얼버무리지 않았을까.

퍼니처가 펫을 공격한 시점에서 이미 엄벌에 처해질 것은 정해져 있다. 그래도 리키는 어떻게든 조용히 끝낼 수 없을까 생각했다. 그 때문에 예상외로 깊은 상처를 입기는 했지만.

상대가 빈스라는 걸 알았을 때.

큰일 났다.

위험해.

최악이다.

리키의 마음속 어딘가에서… 몇 개의 스위치가 켜졌다.

차라리 감시 카메라가 전부 시스템 다운되어 버렸으면 좋겠다. 진심으로 그런 생각이 들었다. 증거만 남지 않으면 어떻게든 되지 않을까 싶었다.

"진실을 파악하려면 그것만으로는 부족해."

"…진실?"

"파라디타의 퍼니처가 왜 너를 공격했는지. 그 동기와 그런 행동에 이르기까지의 경위를 확실하게 밝혀내지 않으면 끝나지 않아, 그런 의미다."

"그걸 내가 어떻게 알아. 사이먼한테 물어봐."

"물론 퍼니처의 주장도 들어봐야겠지. 공평을 기하기 위해 너의 진술과 대조해보고 시큐리티 영상을 확인해서 모순점을 찾아볼 생각이다."

"…그 녀석은?"

"목숨에 지장은 없다. 지금은 상처를 치료하는 게 최우선이지만 곧 심문이 시작되겠지."

그 말의 진위를 확인하고 싶어서 리키는 이아손을 응시했다. 그렇다고 뭔가 변하는 건 아니지만 적어도 나름대로 결단을 내릴 수 있을 것 같은 기분이 들었다.

"알고 있겠지만 처벌을 피하기 위해서든 뭘 위해서든 거짓말을 해봤자 소용없다."

알고 있다.

아니, 뼈저리게 잘 알고 있다.

"안 그러면 링을 조여서 실토하게 만들 거잖아?"

늘 그랬다. 리키가 곧바로 그걸 떠올릴 수 있을 만큼.

이아손은 부정도 긍정도 하지 않았다. 무언은 곧 긍정의 증거다.

"무슨 일이 있었던 거냐?"

리키는 깊은 한숨을 내쉬었다.

"…몰라."

빈스의 말이 너무 횡설수설해서 앞뒤가 맞지 않았기 때문이다.

"여기가 에오스가 아닌 슬럼이라면 약에 취했거나 배드 트립에 빠졌거나, 둘 중 하나라고 생각했을 거야."

그만큼 빈스의 말은 도무지 이해할 수가 없었다.

단순한 원망의 말이라면 깨끗하게 무시해버리면 그만이다. 그러나 만능 나이프를 휘두르는 손에는 뚜렷한 살의가 담겨 있었다.

"아무튼 무슨 소릴 하는지 도무지 이해할 수 없었어."

차고.

때리고.

바닥에 쓰러뜨려도.

가디언 시절은 별개로 치고, 리키에게는 에오스에서 빈스의 원한을 살 만한 짓을 했던 기억 따윈 도무지 없었다.

"하지만 토마에게… 빈스가 사이먼이라는 얘길 듣고…"

뭐가 뭔지 알 수 없는, 마치 직소 퍼즐 같은 원망의 말도 빈스가 미겔의 퍼니처라는 사실을 알고 겨우 조금이나마 이해할 수 있었다.

"이곳에 처박혀서 혼란스러웠던 머리가 어느 정도 가라앉은 후에 열심히 생각해봤어. 생각할 시간은 썩어 넘칠 만큼 많았으니까. 그랬더니 그 녀석이 무슨 생각으로 날 공격했는지 겨우 알 것 같은 기분이 들었어."

"그게 뭐지?"

"아마… 그 녀석은 무서웠던 거야. 자신의 세계가 무너지는 게…"

그게 자기 때문이라고는 전혀 생각하지 않지만, 혼자만의 억측으로 머리가 끓어올라서 시야가 좁아져 버린 녀석에게 무슨 말을 해도 소용없는 것은 어느 세계나 마찬가지다.

무시하면 발끈한다.

반박하면 오히려 화를 낸다.

아무튼 처치 곤란이다. 흉기라도 들고 있으면 더더욱 그렇다.

자신이 원하지도 않았는데 선출되어 강제로 거세당하고 본래의 이름마저 빼앗긴 채 살아 있는 가구로 지내야 하는 처지. 그런 에오스에서 슬럼과는 정반대의 폐쇄감으로 가득 찬 일그러진 세계가 삶의 전부였던 빈스에게는 리키라는 존재가 자신이 쌓아 올린 모든 것을 부숴버릴 괴물로 보였는지도 모른다.

리키와 빈스가 가디언의 블록메이트가 아니었다면, 그러면 빈스도 그토록 괴로워하며 공황상태에 빠지지는 않았을지도 모른다.

"가디언에 있을 때, 같은 블록에 다섯 살 어린 꼬마가 있었어."

무거운 입을 억지로 열듯 리키는 이야기를 시작했다.

그 문제는 명확하게 하지 않으면 분명 이 사건은 끝나지 않을 것이다. 그렇게 생각했기 때문이다.

빈스를 위해서 따위의 위선적인 말을 늘어놓을 생각은 없지만 그가 그토록 이성을 잃어버린 이유는 그것밖에 떠오르지 않았다.

"그 녀석은 어째서인지 나를 무척 따랐어⋯. 그런 경험이 없었던 나는 24시간 졸졸 쫓아다니는 그 녀석이 귀찮아서 견딜 수 없었지."

그 무렵 리키는 가이밖에 보이지 않았다. 가이만이 소중하고 가이만 있으면 다른 건 아무래도 상관없었다.

융커를 돌봐준 것도 블록 마더가 시켜서 어쩔 수 없이 그렇게 했던 것뿐이다. 자신이 그런 쪽으로 재능이 없다는 건 알고 있었지만 리키에게 거부권은 없었다.

어딜 가도 융커는 리키를 쫓아다녔다. 마치 그게 당연하다는 듯이.

빅 브라더의 의무와 리키의 사생활은 별개라는 점을 융커는 알지 못했다. 아니… 알고 있었는지는 몰라도 리키와 떨어지기 싫어했다.

하루 종일 따라다니는 게 귀찮았다.

혼자만의 시간을 가질 수 없는 게 싫었다.

방해되었다.

참을 수 없이 성가셨다.

그렇다… 마치 미겔처럼.

"그 파라디타처럼 말인가?"

이아손이 나지막하게 중얼거렸다. 무언가를 생각하는 것처럼.

융커와 미겔은 모든 것이 너무나 달라서 리키가 보기에 겹치는 부분은 단지 그 점 하나뿐이었지만 빈스에게는 아주 큰 문제였는지도 모른다.

"빈스는 그걸 실제로 봤으니까. 그 꼬맹이와 미겔이 겹쳐 보였는지도 몰라. 나를 따르는 바람에 그 꼬맹이는 점점 다른 사람들과 어울리지 못하고… 이상해져 버렸으니까."

그 결과 '그 일'이 일어났다.

현실이지만 현실에서는 있을 수 없는 '그것'이 무엇이었는지…

리키는 지금도 알지 못한다.

문득 뇌리를 스치고 지나간 기억을 리키는 내심 혀를 차며 즉각 떨쳐버렸다.

"나랑 얽히는 바람에 자신의 펫이 문제를 일으킬까 봐 무서웠던 게 아닐까? 가디언에서도 에오스에서도 나는 이질적인 존재인 모양이니까. 펫의 잘못은 퍼니처의 책임… 이잖아?"

빈스는 퍼니처로서 무엇보다도 그걸 두려워했을 것이다. 스타인과 미메아라는 전례가 있으니까.

하지만.

그렇지만.

빈스를 광란에 빠뜨린 방아쇠를 당긴 사람은 아마… 리키일 것이다.

"그 녀석은 줄곧 사이먼이었던 거야."

완벽한 사이먼이 되지 못하면 이 에오스에서는 가치가 없었다. 아마 빈스뿐만 아니라 모든 퍼니처가 그럴 것이다. 아마 카체조차도.

그런데.

리키가 열어버렸다. 판도라의 상자를….

『빈스.』

그 이름은 사이먼에게 금기였을지도 모른다.

리키가 그 이름을 입에 담은 순간 이미 버렸다고 생각했던 과거가 현실이 되었다.

빈스도 설마 리키가 자신을 기억하고 있으리라고는 생각도 못했을 것이다. 리키도 처음엔 누군지 알지 못했으니까.

"그런데 내가 '빈스'라고 부르는 바람에… 그 녀석의 머리는 폭발해버린 거야."

아마도.

과거와 맞닥뜨린 빈스는 더 이상 '사이먼'이 될 수 없었다. 그 공포야말로 분명 그 광란의 원인일 것이다.

"…있잖아."

"뭐지?"

"이거…."

리키는 왼팔의 붕대를 가리켰다.

"흉터도 남지 않고 깨끗하게 나으면 있었던 일도 없었던 걸로 만들 수 없는 걸까?"

그렇게 말하며 슬쩍 이아손을 올려다보았다.

"그럴 수는 없다."

이아손은 단호하게 대답했다.

"그럼 어떻게 할 거야?"

"뭘 말이지?"

"에오스의 퍼니처가 가디언 출신의 잡종이라는 거, 내가 그 사실을 알고 있다는 걸 빈스에게도 토마에게도 오스카라는 녀석에게도 들키고 말았어. …어떻게 하지?"

이아손의 펫 리키가 슬럼의 잡종이라는 건 공공연한 사실이다.

퍼니처들이 모두 알고 있다. 리키가 자신들과 동류임을.

그 자체는 아무 문제도 되지 않는다. 퍼니처가 잡종이라는 사실을 알고 있는 펫은 아무도 없으니까. 에오스에서 리키가 자신들과 동류라는 사실에 내심 불안과 참을 수 없는 혐오감을 품고 있다 해도, 잠꼬대로라도 그 사실을 폭로할 퍼니처는 아무도 없다.

리키가 펫이라는 이름으로 에오스 안에 던져진 후로 슬럼의 잡종에 대한 경멸과 거부감이 얼마나 지독한지 퍼니처들은 자신의 눈으로 직접 확인했기 때문이다.

어쩌면 케레스 출신인 것에 처음으로 공포를 느꼈을지도 모른다.

슬럼에서 살았던 경험은 한 번도 없건만 리키와 같은 가디언 출신이라는 사실만으로도 '잡종'이라는 낙인이 찍힌다. 어쩌면 펫들의 냉대—아니, 경멸의 대상이 될까 봐 두려움에 떨었을지도 모른다.

"나는 그 녀석들이 잡종이건 말건 아무렇지 않지만. 이 에오스에서 이단은 나쁘이잖아? 그 녀석들은 그렇지 않잖아? 토마는 얼굴이 새파랗게 질렸었어."

그때 무심코 입을 놀린 게 새삼 후회가 됐다.

그보다 더욱 마음에 걸리는 점은 빈스는 그렇다 치고 토마와 오스카에게도 뭔가 처벌이 내리지 않을까 하는 점이다.

이번 일 때문에 별관에 출입 금지를 당하는 건 괜찮지만 그 두 사람이 아무래도 신경 쓰였다.

"이번 일 때문에 토마와 오스카가 문책을 당하지는 않겠지?"

"그걸 결정하는 건 내가 아니다."

"오르페?"

"그래."

"그럼 당신이 오르페한테 말해줘. 내가 그 녀석들을 억지로 끌어들인 것뿐이니까. 그 점을 확실하게 말해줘."

"네가 그렇게까지 신경 쓰는 건 그 두 사람이 슬럼의 잡종이라는 걸 알았기 때문인가?"

아니.

그건 분명하게 단언할 수 있다.

에오스의 퍼니처가 동류라는 사실을 알게 된 충격은 카체가 퍼니처 ID를 보여줬을 때 이미 경험했다. 그 덕분에 지금은 냉정을 유지할 수 있다.

그들에 대해 아무런 감회도 없다… 고 하면 거짓말이지만 충격적인 진실을 알았다고 해서 퍼니처를 보는 눈이 바뀌지는 않았다.

자신은 이아손의 펫.

그들은 퍼니처.

어쩔 수 없는 현실이라면 비밀은 묻어두는 편이 낫다고 생각했기 때문이다.

하지만 아마 이아손은 그렇게 받아들이지 않을 것이다.

"아니라고 해봤자… 당신은 믿지 않겠지?"

이아손의 눈빛은 강렬했다. 리키의 염려를 그대로 비추듯이….

"글쎄, 이 에오스의 유일한 잡종… 그게 너의 자부심이었지. 그런데 만약 퍼니처가 동류라는 사실에 관심과 흥미를 갖게 된다면 아주 큰 문제니까."

더할 나위 없이 싸늘하게 냉소 짓는 이아손을 바라보며 리키는 꿀꺽 마른침을 삼켰다.

그래도.

"그럼 날 에오스에서 내보내 줘! 그럼 머리 위의 시한폭탄이 사라져서 토마도 오르페도 속이 후련할 거야. 나도 이런 곳에서 썩을 바에는 카체처럼 블랙마켓에서 사육당하는 게 나아."

삐딱한 독설을 내뱉는 것은 이미 무의식적으로 새겨진 조건 반사라기보다는 무조건 반사에 가까웠다.

———— ※ ————

담당 퍼니처 사이먼이 사라진 지 5일째.

그러나 미겔의 일상에 이렇다 할 변화는 없었다. 사이먼 대신 곧 새로운 퍼니처가 보충되었기 때문이다.

사이먼이 어처구니없는 불상사를 일으켜서 시큐리티 가드에 구속된 그날 밤, 주인인 오닉스는 미친 듯이 분노했다.

상스러운 말로 사이먼을 욕하고 구겨진 자존심과 땅에 떨어진 체면에 격분했다. 블론디인 이아손의 보복을 두려워하기도 했다.

그런 주인을 흘낏 바라보며 미겔은 남몰래 한숨을 쉬었다.

'뭐야. 사이먼 녀석, 실패한 거야? 의외로 쓸모없는 녀석이네. 사람들 앞에서 내게 창피를 준 리키를 해치워줄 줄 알았는데… 뭐야, 시시해.'

그로부터 5일이 지났다. 미겔도 슬슬 따분해지기 시작했다. 몸이 좋지 않다는 꾀병도 슬슬 한계일지 모른다.

아니… 그때는 정말 충격으로 머리가 어질어질하고 리키의 얼굴만 떠올려도 으드득 이가 갈렸다. 그러니까 처음부터 꾀병이었던 건 아니다.

그저 그대로 계속 아무것도 하고 싶지 않았던 것뿐.

하지만 방에 틀어박혀서 게임만 하는 건 이제 지루하고 질렸다.

전에는 사흘이 멀다 하고 교미 파티에 참석했기 때문에 성욕이 쌓여서 욕구불만이 될 일도 없었다.

그래서 아랫도리가 욱신거리고 다리 사이가 근질거릴 때에는 사이먼이 몰래 핥아줬다. 마지막 한 방울까지 남김없이 빨아줬다.

하지만 전혀 기분 좋지 않았다.

쌓인 걸 깨끗하게 배설해서 후련해지긴 했지만 그저 그뿐….

역시 암컷의 몸 안에 쑤셔 넣고 마구 휘저은 후 마음껏 사정하는 게 훨씬 기분 좋다.

오늘 밤 주인이 돌아오면 교미 파티에 나가게 해달라고 졸라야지.

그렇게 생각하며 미겔은 디저트 케이크에 포크를 꽂았다.

8장

얼어붙은 어둠이 모든 것을 삼키고 있었다.

킹스 로드에서는 사람의 그림자조차 찾아볼 수 없었다. 지저분한 뒷골목도 지금은 그저 한없이 고요했다. 슬럼 특유의 썩은 내조차 뼛속까지 시린 대기에 짓눌려 얼어붙어 있었다.

닐 다트 21:50.

에어리어―9 '케레스'와 에어리어―7 '디트'의 경계선에 있는 그곳은 크고 작은 다양한 불법건축물이 빼곡하게 들어찬 거대한 미로였다.

괴짜.

기인.

각양각색의 의존증 환자….

유민(流民)이라는 이름의 불법체류자.

변질자라고 불리는 의인(擬人).

범죄자라고 손가락질당하는 죽은 자들.

뭔가 사연이 있을 법한, 척 보기에도 수상한 자들이 밤낮없이 배회하고 있다.

세상의 상식도 신의도 양식도 이곳에서는 전부 돈의 마력과 독자적인 규칙에 의해 너무나도 쉽게 무너지곤 한다.

미다스 시민들이 그토록 멸시하고 싫어하는 슬럼에서도 '멀쩡한' 케레스 주민은 절대 발을 들여놓지 않는 위험지대―그렇게 불리는 곳이다.

물론 에어리어―9는 미다스 공식 지도에서 영구 말소된 유령자치구인 탓에, 기괴한 미로가 눈에 보여도 현실에는 존재하지 않는 것으로 되어있다. 말하자면 일종의 시각적 역설인 셈이다.

닐 다트의 밤은 주황색 등불 하나 없는 진정한 암흑의 밤이었다. 그 때문일까, 두 개의 달빛이 평소보다 더욱 두드러져 보였다.

섬뜩한 고요에 잠긴 검은 덩어리 앞에서 가이는 한순간 주저하듯 걸음을 멈췄다.

"왜 그래. 겁먹었냐?"

등 뒤에서 루크가 낮게 웃었다.

가이는 발끈하며 뒤도 돌아보지 않고 퉁명스럽게 말했다.

"그러는 넌 어떤데?"

"닐 다트는 케레스하고는 차원이 다른 곳이야. 악질 해커부터 미치광이 사이보그들, 위험한 약물 중독자들… 정체를 알 수 없는 놈들이 우글거리는 소굴이지."

가이도 과장된 소문이 전부 진실이라고 생각하지는 않는다. 그러나 아니 땐 굴뚝에 연기가 나지 않는 것도 사실이다.

"괜한 호기심에 한번 가봤다가 그대로 돌아오지 못한 사람도… 드물지 않다던데?"

단순한 기우가 아닌 현실을 루크는 가볍게 받아넘겼다.

"뭐, 블루칩 같지는 않겠지."

폐쇄감으로 가득 찬 슬럼에서도 이곳 닐 다트는 한층 이질적인 곳이다. 그건 누구나 알고 있는 상식이다.

"이제 와서 왜 그래? 닐 다트 정도에 겁을 먹어서야 블랙마켓을 상대로 싸울 수 있겠냐?"

루크가 머쓱하게 중얼거렸다.

딱 한 번, 리키가 '카체'라고 불렀던 스카페이스의 남자. 그가 블랙마켓의 브로커라고 알려준 사람은 라비였다.

— ❋ —

"뭔가 뜻밖에 거물이 걸려든 모양인데. 어떻게 된 거야?"

장난스러운 말투도 놀리는 듯한 말투도 아니었다. 꿰뚫듯이 응시하는 강렬한 눈빛에 오히려 가이는 혼란에 빠지고 말았다.

어떻게 된 거지?

가이야말로 알고 싶었다.

나이를 알 수 없는 미모의 스카페이스. 설마 그자가 그토록 거물일 줄은 몰랐다.

대체 어디에서?

왜?

어떻게?

슬럼의 잡종과 블랙마켓의 브로커. 그 접점을 도무지 알 수 없었다.

"혹시 리키가 일했던 운반책이라는 거, 블랙마켓과 관련된 일이야?"

라비의 지적에 가이는 흠칫 시선을 들었다.

그때 잭이 물어온 일이 시시한 잔심부름 정도가 아니라 생각보다 큼직한 일거리였다는 사실을 이제야 알게 된 충격.

리키가 슬럼에서는 라벨조차 구경하기 힘든 고급술 '바르탕'을 선물 대신 들고 왔을 때는 그 씀씀이에 놀라기 이전에 기우마저 느꼈다.

『너 위험한 일에 발을 들여놓은 건 아니겠지.』

하지만 그때조차 그렇게 농담처럼 속내를 드러내며 물어도 리키는 애매하게 대답을 흐릴 뿐이었다.

『난 슬럼에서 기어올라 가고 말 거야.』

그저 그 말만 조금도 흔들림이 없었다.

그래서 가이도 더 이상은 캐묻지 않았다.

"리키는 역시 우리 생각보다 더 유능한 남자였군."

라비의 입에서 빈정거림이 아닌 찬사가 흘러나왔다.

"실패자라고 손가락질당해도 자부심이 무너지지 않았던 이유는 그 때문일까?"

하지만 가이는 긍정도 부정도 하지 않았다. 리키가 아무것도 말해주지 않았기 때문이다.

그땐 그저 초조해하지 않아도 된다고 생각했다.

아무것도 말하고 싶어 하지 않는 리키의 입을 억지로 열어봤자 아무 소용없다고. 시간이 지나면 리키의 마음도 어느 정도 진정될 테니까 그때 물어봐도 늦지 않다고.

하지만 지금 가이는 깊이 후회하고 있었다.

3년이라는 공백의 위화감을 뚜렷하게 느끼고 있었으면서, 왜?

어째서?

좀 더 빨리 본질을 꿰뚫어 보지 못한 걸까.

리키가 갑자기 슬럼으로 돌아온 후, 앞으로 둘이서 함께할 시간은 무한하리라 생각했다.

예전처럼 페어링 파트너로 돌아가지도 못했으면서 쓸데없이 질척거린다고 생각할까 봐 어울리지도 않게 허세를 부렸다. 그게 너무 후회되어 견딜 수 없었다.

볼썽사나워도 좋으니 좀 더 솔직하게 있는 그대로의 자신을, 욕심을 드러냈더라면 리키를 또다시 잃지 않았을지도 모르는데.

* * *

"루크, 너… 진짜 알고 있냐?"

"뭘?"

"키리에는 진심으로 무서워하고 있었어. 키리에가 초췌하게 야위어서 체면이고 뭐고 다 팽개치고 리키한테 매달렸어. 그만큼 엄청나게 위험한 일을 캐고 다니는 거야, 우리는."

"아무렴 어때. 시시하게 스타우트에 취하는 것보다 훨씬 자극적이잖아?"

그 말에 메울 수 없는 온도차를 느끼며 내심 한숨을 쉬었다.

이건 심심풀이 담력시험 게임이 아니다.

"가이."

"왜?"

"여기까지 온 이상 미리 걱정해봤자 아무 소용없어. 시드도 노리스도 나름대로 각오하고 있을걸. 아니면 뭐가 좋다고 이런 위험한 다리를 건너겠냐."

변함없는 말투였지만 목소리 톤만은 한층 낮았다. 마치 가이의 기우를 사정없이 짓밟는 듯했다.

가이는 자신의 눈으로 직접 '그 모습'을 봤기 때문에 자꾸만 이것저것 쓸데없는 생각을 하게 되지만 루크에게는 루크의 생각이 있다. 그런 것일지도 모른다.

"가디언과 관련되어 있다는 얘기가 사실이라면 가만히 있을 수 없지. 키리에가 거기서 뭘 봤는지 우리도 알 권리가 있어. 그렇지 않냐?"

그렇다.

여기까지 와놓고 우물쭈물 망설일 시간은 없다.

"사신의 정보에 의하면 지코는 실력이 끝내주는 해커라면서?"

라비의 정보가 확실하다면 '지코'라고 불리는 해커가 깨뜨리지 못하는 시큐리티는 없다고 한다. 돈에 따라 어떤 곳이든, 어떤 정보든 빼낼 수 있다. 그것이 그의 세일즈 포인트라고 한다.

하지만 지코와 연락을 취하기란 매우 힘든 일이었다. 라비는 지코의 아지트가 닐 다트에 있다고까지만 가르쳐줬을 뿐 그다음부터는 깨끗하게 손을 뗐기 때문이다.

기왕에 끝까지 연결해줬더라면 가이는 아무 고생도 하지 않았을 것이다. 해커와 정보상은 영역이 다르다는 핑계를 대며 지코와 연결해줄 연결책의 프로필 값으로 할증 요금까지 뜯어냈다.

루크는 노골적으로 '바가지'를 연발했지만 라비는 들은 척도 하지 않았다. 지코에게 라이벌의식을 느끼기 때문이라기보다는 닐다트와 관련된 일에는 절대 엮이고 싶지 않은 눈치였다.

"가자."

반쯤 떠밀리다시피 재촉을 받아 가이는 또다시 걷기 시작했다.

짙은 어둠 속에서 그들의 길잡이가 되어주는 것은 지코의 대리인이라는 남자가 건네준 소형 리시버와 어두운 곳에서도 볼 수 있는 적외선 암시(暗示) 고글뿐이었다.

거대한 미로라고 불리는 닐 다트는 익숙한 사람이 아니면 대낮에 돌아다니는 것조차 힘들다. 하물며 짙은 어둠 속이라면 말할 것도 없다. 게이트를 지나자마자 곧 자동으로 스위치가 켜지고 지도가 표시되는 리시버가 없었다면 우뚝 솟아있는 검은 벽에 다리가 움츠러들어 움직일 수조차 없었을 것이다.

루크와 나란히 서서 아무런 대화도 없이 그저 지정된 지도대로 걸으며 가이는 리키의 말을 하나하나 곱씹어보았다.

『아무 대가 없이 기어 올라갈 수는 없어.』

『상대가 너무 안 좋아. 카체가 나선 이상 무슨 짓을 해도 소용없어.』

『키리에는 잊어버려, 가이. 그게 제일 좋을 거야.』

밑바닥에서 기어 올라가기 위해서는 깨끗한 일만 할 수는 없다.

인간은 누구나 자기 자신이 제일 소중하다.

하지만.

'겨우 3년이야, 리키. 우리에게도 양보할 수 없는 프라이드가 있잖아.'

리키가 또다시 슬럼에서 사라진 지 벌써 3개월이 지났다.

싸운 채로 헤어진 가이에게는 너무나도 마음이 무거운, 후회만이 차곡차곡 쌓이는 3개월이었다.

후회하고.

고민하고.

애태우고.

그래서 뭔가를… 지금 할 수 있는 뭔가를 하지 않으면 견딜 수 없었다.

과거에 일어난 일을 없었던 셈 치고 잊어버리기란… 불가능하다. 그 때문에 따분하기 그지없는 평온한 일상을 잃어버린다 해도 상관없다.

키리에가 무엇을 알고, 무엇을 보고 미쳤는지 알면 리키와 이어질 듯한 기분이 들었다.

사실을 모르는 게 자신의 안전을 지키는 최대의 무기라면 진실을 알게 됨으로써 열리는 길도 있다.

더 이상 잃어버릴 것이 두려워서 망설이고 후회하기는 싫었다.

그때.

손에 들고 있는 지도 화면에 '정지' 표시가 깜빡였다.

가이와 루크는 저도 모르게 숨을 죽이며 고글 너머 서로를 마주 보았다.

소음 하나 들리지 않는 어둠의 침묵.

머뭇거리며 주위를 살펴봤지만 아무 변화도 없었다.

루크의 입에서 짜증스러운 듯 낮게 혀 차는 소리가 흘러나왔다.

1분….

2분….

아무 지시도 없이 기다리기만 하는 시간은 길다. 목이 바싹 마르는 초조함과 짜증으로 인해 고동마저 뒤틀릴 지경이었다.

순간.

발밑에서 자잘한 진동이 기어올라 왔다.

거의 동시에 두 사람은 흠칫 놀라며 발밑을 내려다보았다.

그 직후.

작은 웅웅거림이 발목을 움켜잡고 비명을 지를 틈조차 주지 않은 채 굳은 얼굴로 우두커니 서 있는 두 사람을 땅속으로 끌어내렸다.

갑작스러운 추락의 감각.

경악은 숨 막히는 이명과 함께 두 사람을 무방비하게 만들었다. 그 자리에 흐물흐물 주저앉지 않아 그나마 다행이었다.

'쿵'.

발밑에서 어둠이 작게 울렸다. 기이하게 신경이 곤두서 있는 이런 상황이 아니라면 결코 들을 수 없었을 정도로 작은 소리였다.

동시에 닫혀있던 시야가 느닷없이 확 트였다.

가이와 루크는 고글을 벗었다. 그리고 비로소 그곳이 엘리베이터라는 사실을 깨달았다.

"…놀랐잖아."

가볍게 눈썹을 찡그리며 루크가 작게 중얼거렸다. 그 목소리는 평소와 달리 잔뜩 쉬어 있었다.

팔다리의 경직이 안도의 한숨에 녹아내렸다. 가이는 반쯤 무의식적으로 몇 번이나 아랫입술을 핥았다.

어쨌든 두 사람은 엘리베이터를 내려서 오렌지색 불빛이 켜진 통로를 걸었다.

불안정한 발소리가 울려 퍼졌다. 그 소리는 아직 풀리지 않는 두 사람의 긴장을 상징하는 듯했다.

막다른 곳에 짙은 회색 문이 있었다.

"뭐야? 요즘 세상에 수동문이야?"

아무리 기다려도 열리지 않는 문을 아래위로 훑어보며 루크가 투덜거렸다.

"설마 손을 댄 순간 전기가 파지직 하는 건 아니겠지."

"여기까지 왔는데 그렇진 않겠지."

천천히, 신중하게 손잡이를 잡고 문을 밀었다. 유난히 묵직한 감촉에 가이는 살짝 얼굴을 찡그리며 더욱 힘을 줬다.

열린 문 너머 펼쳐진 것은 어떤 의미로 별세계였다.

넓은 공간에 깔린 융단은 너무나도 선명해서 한순간 흙발로 밟기가 망설여질 정도로 아름다웠다.

'대체 얼마나 많은 돈과 수고를 쏟아부은 걸까?'

방 중앙에는 그런 생각이 들 정도로 호화롭기 그지없는 낮은 테이블과 소파가 존재감을 과시했고 벽에는 신화를 모티브로 삼은 홀로그램 회화 연작이 이채를 발하고 있었다.

슬럼의 주민들에게 미다스의 고급 호텔 따윈 평생 인연이 없는 곳이지만 어쩌면 이곳은 그 호텔의 최고급 임페리얼 룸이라고 불리는 방과 비슷할지도 모른다. 두 사람은 우두커니 서서 그저 감탄의 시선으로 주위를 둘러보았다.

지상의 수상쩍은 이미지와는 너무나도 동떨어진 호화로움에 압도당해 목소리조차 나오지 않았다.

하지만 그보다 더욱 두 사람을 경악시킨 점은 그게 아니었다. 그들 앞에 어깨 길이로 가지런히 자른 짙은 자색 머리카락과 같은 색 눈동자를 지닌 미모의 소년이 등장했다.

"잘 부탁합니다. 지코입니다."

아직 변성기도 끝나지 않은 듯한 부드러운 목소리로 소년이 그렇게 이름을 밝혔을 때야말로 놀라움을 금할 수 없었다.

'거짓말… 이지?'

'정말로?'

두 사람은 꿀꺽 숨을 삼키며 저도 모르게 서로를 마주 보았다.

이건 혹시 의뢰인을 놀리기 위한 '깜짝 이벤트' 같은 서프라이즈 연출이거나 아니면 질 나쁜 농담 아닐까.

이 소년은 사실 가짜이고 진짜 지코는 어딘가 다른 곳에서 모니터 너머 자신들의 모습을 관찰하고 있지 않을까?

어떤 시큐리티도 뚫을 수 있다는, 뛰어난 실력의 해커 '지코'의 이미지와 눈앞에 있는 선이 가느다란 미소년의 모습이 도저히 하

나로 겹쳐지지 않았다.

그런 시선에 익숙해서일까. 아니면 두 사람이 계속 얼빠진 표정을 짓고 있는 게 우스웠을까. 지코는 한쪽 입꼬리를 올리며 조용히 웃었다.

"죄송하지만 제겐 이 얼굴밖에 없습니다. 마음에 안 드십니까?"

가이는 서둘러 변명하려고 했다.

"걱정 마시죠. 저는 가짜가 아니니까요. 하지만 앞으로는 그렇게 노골적으로 감정을 드러내지 않는 게 좋을 겁니다. 약점을 잡히기 쉬우니까요."

그렇지만 역시 이런 상황에 익숙한 지코가 그보다 몇 수 위였다.

"미안하게 됐수다, 풋내기라서. 하지만 연결책 녀석은 한마디도 안 했거든. 그 유명한 지코가 털도 나지 않은 어린애라는 이야기는."

루크가 불퉁한 어조로 껄렁껄렁하게 말했다.

당황한 가이는 팔꿈치로 루크의 옆구리를 사정없이 찔렀다.

"…커헉."

루크는 작게 신음하며 몸을 기울였다.

그러나 지코는 아름다운 입가에 우아한 미소를 지을 뿐이었다.

"그렇게 입이 가벼워서야 대리인 노릇은 할 수 없죠. 필요최소한의 사실 외에는 '보지도 않고, 말하지도 않고, 듣지도 않는다'…. 그것이 닐 다트에서 살아남기 위한 철칙입니다. 물론 이곳을 찾아온 이상 당신들도 예외는 아니죠."

외모와는 어울리지 않는 날카로운 눈빛이 부드러운 목소리를 배반했다.

앳된 얼굴에 현혹되어 얕잡아봤다가는 생각지도 못한 상처를 입게 되리라. 닐 다트에서 눈에 보이는 것이 전부 '진실'이라는 확증 따윈 어디에도 없다. 그 사실을 두 사람은 새삼 마음에 새겼다.

"어쨌든 앉으시죠. 선 채로 의뢰 이야기를 할 수는 없으니까요."

지코가 생긋 웃으며 권했지만 두 사람은 도저히 편히 앉을 기분이 아니었다.

"자, 그럼, 어떤 정보를 원하십니까?"

"그 전에 묻고 싶은 게 있는데. 이쪽의 의뢰가 밖으로 새어나가진 않겠지?"

"걱정 마십시오. 비밀은 엄수합니다. 이 일은 신용이 제일이니까요."

가이는 고개를 끄덕였다. 그리고 그 눈을 응시한 채 한층 목소리를 낮췄다.

"어떤 정보든 찾아줄 수 있나? 예를 들면… 목숨과 관련된 아주 위험한 정보라도."

결코 과장이 아니었다. 가이는 나름대로 죽음까지 각오하고 있었다. 그 현장을 직접 경험한 후로 진상을 알고 싶다는 욕구는 단순한 열의를 뛰어넘어 절박함에 가까웠다.

그러나 이런 일에 익숙하지 않은 가이에 비해 지코는 겉모습과는 달리 백전연마의 노련한 베테랑이었다.

"그건 '의뢰 내용'과 '금액'에 달려 있습니다. 아무리 장사라지만 역시 자신의 몸이 제일 소중하니까요."

지코는 부드러우면서도 사무적인 어조로 말했다.

"하지만 다른 녀석들이 겁을 먹는 일도 당신에게 부탁하면 한 방이라고 하던데."

빈정거림도 빈말도 아니었다. 그것이 '닐 다트의 지코'의 실력이라고 라비는 말했다. 단 그만한 위험 요소가 있는 만큼 보수도 장난이 아니지만.

대리인에게 연락을 하기 위한 중개료조차 눈이 튀어나올 정도였다.

지코는 그런 정설조차 남의 일처럼 태연하게 부정했다.

"본래 소문은 믿을 수 없는 법이죠. 사람의 입이란 이해관계가 얽히면 멋대로 움직이는 법이니까요. 좋게 봐줘야 사실 30퍼센트에 거짓 70퍼센트일 겁니다."

그 모습에서 확고한 자신감과 흔들림 없는 자부심이 엿보였다.

"덕분에 손님이 끊이지 않아서 먹고 살 수 있는 거니까 너무 큰 소리로 떠들어댈 수는 없습니다만."

손님에 따라 랭크를 매기지만 편견은 없다. 지코는 자연스럽게 그 사실을 강조했다.

의뢰를 받아줄지 어떨지는 별개로 치고, 가이와 루크가 슬럼의 잡종이라는 걸 알면서도 지코가 두 사람을 만나준 것은 어쩌면 의뢰 내용보다 잡종에 대한 호기심이 앞섰기 때문은 아닐까.

물론 지코의 속마음이 어쨌든 두 사람은 새삼 신경조차 쓰이지 않았지만.

"내가 부탁하고 싶은 건 '블랙마켓'과 '가디언'의 관계다."

순간 지코의 눈빛이 날카롭게 빛났다.

"그런 수상한 소문이 있습니까?"

"그걸 확인하고 싶어. 마켓에 카체라는 브로커가 있다. 특히 그 자가 어떻게 관련되어 있는지 알고 싶어."

"그렇군요. 스카페이스의 카체… 말입니까?"

지코의 입에서 자연스럽게 그 이명이 흘러나왔다.

"알고 있나?"

"나름대로."

바꿔 말하자면 카체라는 남자가 그만큼 거물이라는 증거일지도 모른다고 가이는 묘하게 납득했다.

그런 거물과 뭔가 사연이 있는 듯한 리키….

두 사람 사이에는 대체 무슨 일이 있었던 걸까.

그 관계는 아직도 계속되고 있을까.

그렇지 않을까.

블랙마켓과 가디언의 관련성을 확실히 하기 위해서 여기까지 왔지만 가이의 사고는 마치 저주에 걸린 듯이 같은 곳을 끝없이 맴돌았다.

"카체와 관련된 일이라면 당연히 가격도 올라갑니다만?"

지코가 확인의 뜻을 담아 말했다. 슬럼의 잡종이라는 카테고리에 대한 멸시가 아니라 그 또한 일종의 정해진 절차인 것처럼.

"이 세계에는 기본요금 같은 게 없나 본데, 설마 입수한 정보를 거꾸로 몽땅 꿀꺽하지는 않겠지."

그게 제일 중요한 문제라도 되는 양 루크가 오히려 다짐을 받았다.

"조금 전에도 말씀드렸지만 이 장사는 신용이 제일입니다. 참, 그리고 케레스에서만 통용되는 전자 통화에는 아무 가치도 없습니다. 미다스 화폐로 지불할 수 없는 경우 이쪽에서 다른 고객을 찾아 정보를 넘기게 됩니다. 괜찮으시겠습니까?"

케레스와 미다스는 통화 화폐 자체가 다르다. 슬럼에서만 통용되는 화폐 따윈 아무 의미도 없기 때문에 케레스에서는 모든 거래가 메모리 스틱에 의한 전자 화폐로 이루어질 뿐, 현금화 되지 않는다.

지코의 입장에서는 정보료를 지불할 능력이 있는지 없는지, 그점이 제일 불안하리라.

"알았어. 어쨌든 부탁해."

"알겠습니다."

"최대한 빨리."

"노력해보죠."

마지막의 마지막까지 지코는 정중한 태도를 유지했다.

그렇게 가이와 루크를 배웅한 후, 지코는 카운터 바에서 글라스에 술을 따랐다.

거래가 성립된 축배를 들기 위해서가 아니었다. 그저 머릿속을 정리하기 위해 우아한 동작으로 천천히 글라스를 만지작거리다가 겨우 한 모금만 입술을 축인 후 의자에서 일어섰다.

그리고 지코는 느긋한 걸음걸이로 걸어서 생체 인증 스캔을 겸한 문 안쪽으로 사라졌다.

그곳은 고객 접대용 살롱의 화려함과는 거리가 먼 기밀실이었다. 지코가 '닐 다트의 지코'이기 위한 블랙박스.

벽을 가득 메운 바이오컴퓨터는 지코가 전폭적으로 신뢰하는 파트너다. 아니, 지코의 뇌파에만 반응하는 반신과도 같은 존재다.

언제 어느 때나 '그'가 세심한 주의를 기울여 서포트해주는 덕분에 '닐 다트의 지코'가 존재할 수 있는 것이다.

지코는 여느 때처럼 다정하게 손 키스를 날린 후 조용히 의자에 앉았다.

책상 위의 단말을 켜고 능숙한 손놀림으로 비밀번호를 입력한 후 영상 통화로 전환했다.

그리고 잠시 기다렸다.

가벼운 신호음이 끊긴 후 그가 기다리던 인물이 스크린 너머에 나타났다.

"안녕. 잠깐 이야기 좀 할 수 있을까?"

약간 달콤하고 편안한 어조에는 영업용이 아닌 뚜렷한 온기가 담겨 있었다.

9장

불야성 미다스.

눈부신 일루미네이션의 빛과 그림자가 교차하는 에어리어—2 '플레어'.

카체의 아지트는 얼핏 허름한 드럭 스토어로밖에 보이지 않는 지하에 자리 잡고 있었다.

"알았다. 아니, 이쪽에서 다시 연락하지."

낮은 목소리로 대화를 마치고 카체는 영상폰 수화기를 내려놓았다.

아주 살짝 미간에 주름이 새겨져 있었다. 언제 어느 때나 냉정 침착하고 좀처럼 표정의 변화가 없는 수완가—라는 이미지를 갖고 있는 카체로서는 보기 드문 일이다.

애초에 영상폰을 군이 매너 모드로 받은 이유는 손님이 와 있기 때문이었다. 시각은 이미 오전 0시에 가까웠다.

그러나.

"뭐지?"

카체의 사생활 따위는 조금도 신경 쓰지 않는 미모의 지배자는 대화를 중단시킨 전화의 주인공이 누구인지보다 카체를 그런 표정으로 만든 내용에 흥미가 있는 듯했다.

"닐 다트의 지코입니다."

이번에는 이아손의 눈이 살짝 가늘어졌다.

닐 다트에서 지코의 역할은 미다스 치안 경찰도 처치 곤란이라는 마굴에서의 첩보 활동이다. 말하자면 타나그라 직속 신분을 위장한 비밀 잠입 요원인 셈이다.

외면과 내면의 어마어마한 격차는 인생 경험과 비례하지 않는다.

그런 의미에서 지코는 이미 숙련된 인물이었다. 카체의 철가면과 쌍벽을 이룰 정도로.

타나그라가 닐 다트를 소탕하지 않는 것은 해충과 기생충 속에 섞여 있는 연방 스파이들의 동향을 파악하려면 그편이 편리하기 때문이다. 높은 곳에서는 보이지 않는 그림자도 밑바닥에서 살펴보면 그 짙고 옅게 꿈틀거리는 실태를 파악할 수 있다.

"마켓과 가디언의 관계를 알아봐달라고 의뢰한 자가 있다고 합니다."

"호오, 재미있군."

말투와는 반대로 그의 눈빛은 꽤나 살벌했다. 이아손의 입장에서도 흘려들을 수 없는 정보였다.

"설마 키리에의 입에서 새어나가진 않았을 테고. 누구지?"

"가이입니다."

한순간 눈을 크게 뜬 후, 이아손은 목 안으로 웃었다.

"정말로… 슬럼의 잡종들은 다들 규격에서 벗어난 짓만 골라서 하는군."

슬럼이라는 카테고리가 특별한 걸까.

아니면 리키와 관련된 자들이 특이한 걸까.

아마도 후자이리라. 리키에게 촉발을 받아 뜻밖의 화학 반응을 일으키는 대상은 슬럼의 잡종만이 아니다. 어쩌면 그 점이 리키의 진면목일지도 모른다.

미메아를 비롯한 에오스의 펫들도 그렇고, 다릴도 그렇고, 아마 카체까지. 물론 그중 가장 지독한 이는 이아손 자신이지만.

그 무시무시한 감염력을 가리켜 라울은 지긋지긋하다는 듯이 '탐식 세포'라고 불렀으며 아이샤는 완벽하게 관리 통제된 세계를 좀먹는 '악질 버그'라고 말했다.

"그때… 가이가 저를 봤으니까요."

새삼 후회가 되었다.

카체에게도 이러한 전개는 예측의 범주를 벗어나는 일이었다. 리키를 압박하기 위해 했던 말이 결국 가이의 귀에도 전부 들어가고 말았다.

사실 카체는 이전까지의 상황을 얕잡아보고 있었다. 진실에 거짓을 흩뿌린 사실이 생각지 못하게 흘러나갔다 해도 그 때문에 작은 일이 큰일로 번지지는 않으리라고.

눈에 보이는 전부가 진실일 필요는 없다. 몰라도 되는 비밀은 끝까지 묻어둬도 상관없다. 누구보다도 그걸 뼈저리게 체험하고 있는 리키라면 쓸데없이 나서기보다는 적당히 뒤처리를 하며 가이를 잘 구슬리겠지, 하고 생각했다.

너무 안일했다.

카체는 그 사실을 통감했다.

실제로 가이와 만나서 대화를 나눠본 적은 없다. 알고 있는 건 그의 프로필뿐이다. 슬럼의 잡종에게 페어링 파트너가 어떤 존재인지는 알고 있었지만 가이를 가볍게 보고 있었던 것도 사실이다.

그 점이 분했다.

"뭐, 좋다. 지코에게는 그럴듯한 정보로 납득시키라고 전해라. 아예 아무것도 나오지 않으면 오히려 의심스러울 테니까."

"만약 그걸로 해결되지 않는다면… 어떻게 하실 생각이십니까?"

"그걸 잘 처리해야 지코가 실력을 보일 기회가 되겠지. 아무것도 모르는 슬럼의 잡종 따위를 상대로 '해결하지 못했습니다'라고 한다면 닐 다트의 '지코'라는 이름이 울지 않겠나. 지코도 그걸 모르지는 않을 텐데?"

이아손이 아무렇지도 않게 말했다.

어떤 조직이건 병렬화된 사고를 데이터 이식한 안드로이드 군단이 아닌 이상 복잡하고 거대화되어버리면 말단 몇 개는 반드시 썩는다. 그걸 최소한의 피해로 막을 수 있느냐 없느냐에 따라 그 조직의 상태를 알 수 있다.

공포로 사람의 마음을 옭아매기는 쉽다. 희망의 싹을 전부 뽑아버리면 인간은 무기력해진다.

하지만 그것만으로는 진정한 충성심이 자라지 않는다.

그렇다고 정에 호소하여 이뤄낸 결속은 더더욱 약하다.

사람들을 통솔하기 위해서는 지성, 감정, 의지를 정확하게 조종

할 수 있는 도량이 필요하다.

리더는 '머리'지만 '무리'에 의지해서는 안 된다.

측근은 반드시 필요하지만 결단을 맡겨서는 안 된다.

카리스마를 우러러보는 눈에는 언제나 전폭적인 신뢰와 경외가 담겨있어야 한다.

블랙마켓에서 이아손의 존재는 그야말로 절대적이자 유일무이하다.

이아손과 마주할 때마다 카체는 뺨에 새겨진 오래된 흉터가 희미하게 욱신거리는 느낌을 받았다. 그 감각은 뼛속까지 스며든 두려움이자, 뭐라 형용할 수 없는 동경이자, 깊이 새겨진 예속의 각인이었다.

벗어날 수 없다.

지울 수 없다.

잘라낼 수 없다.

카체가 카체이기 위한 존재 의의.

그것은 이아손의 냉랭한 시선을 정면으로 받으며 한층 명확해졌다.

"알고 있겠지, 카체."

익숙한 목소리는 온화했으나 결코 달콤하지는 않았다.

"네."

카체는 이를 악물며 고개를 끄덕였다.

이아손과 리키를 묶고 있는 '사슬'과는 다른 의미의 '쐐기'가 이곳에도 존재한다. 이미 카체의 일부로 뿌리내린 채….

"그보다 하던 얘기를 계속하도록 하지. 너는 어떻게 생각하지?"

지코의 통신 때문에 중단됐던 대화의 내용은 리키를 블랙마켓에서 써먹을 수 있느냐 없느냐… 라는 이야기였다.

한순간 진심으로 놀랐다. 설마 이아손의 입에서 그런 이야기를 들을 줄은 생각도 못 했기 때문이다.

이아손이 카체에게 명령을 내리는 경우는 있어도 진정한 의미로 카체의 의견을 구한 적은 없다. 질문이라는 형식을 취하고 있더라도 그건 이미 답이 정해진 상태의 사후 통보나 마찬가지였다.

명령받는 것은 편하다. 주어진 일을 해내고 나름대로 결과를 거두기만 하면 그만이다.

그러기 위해 지력을 쥐어짜서 임무를 수행하기 역시 그다지 힘든 일이 아니다. 뚜렷한 목적의식만 있으면 때와 경우에 따라서는 두려워하지 않고 반론을 펼쳐도 기꺼이 받아준다.

그러나 업무상의 의견이 아닌, 사적인 생각을 요구하는 질문에 대답하기란 어렵다.

'무엇'을.

'어디'까지.

그걸 구분하는 경계선이 보이지 않는다. 이아손을 상대로 그것은 주제넘은 짓 이전의 문제였다.

"심심풀이 삼아 할 수 있는 일이 아닙니다."

카체는 신중하게 대답을 골랐다.

새삼 그런 말을 하기는 조금 우스웠지만 이아손의 진의를 알 수 없는 이상 카체도 그렇게 말할 수밖에 없었다.

"4년간의 공백이 너무 크다는 말인가?"

"할 수 있느냐, 없느냐 이전에 에오스에서 그런 특례가 통용될 수도 있습니까?"

카체는 이아손의 퍼니처였다. 에오스가 어떤 곳인지는 잘 알고 있다. 이아손이 아무리 최고위 블론디라 해도 지금 그의 말은 단순한 탁상공론에 불과하다.

아니, 그저 공론이기를 카체는 진심으로 기도했다.

마켓의 제왕이 리키만 관련되면 말도 안 되는 짓을 저지르는 것은 이미 모두가 알고 있는 사실이다.

불로불사의 매혹적인 인공체.

완벽한 지성.

완전무결한 이성.

타나그라의 엘리트로서 흔들림 없는 긍지. 그 긍지에서 비롯된 오만한 위압감이 무엇보다도, 누구보다도 잘 어울리는 블론디.

리키를 펫으로 삼아 에오스에서 사육하기 전까지 이아손은 지나치게 유능해서 가까이 다가가기 어렵고 냉혹하며 흠잡을 데 없는 지배자였다.

그런 그가 지금은 블론디의 이단, 악취미라고 불리고 있다.

게다가 이아손 본인이 그걸 굴욕이라고 생각하지 않고 용인하는 경향마저 있다.

그 있을 수 없는 변모를 카체는 빠짐없이 지켜봐 왔다.

단 한 사람과의 만남이 모든 것을 변질시키는 쐐기가 된다. 그것을 '운명'이라고 부르자니 너무나도 진부하지만, 보통은 결코 이루어지지 않았을 해후는 이미 우연이라고 부를 수 없다.

복잡하게 뒤틀린 이아손과 리키의 관계를 분명 누구보다도 잘 알고 있을 카체에게는 그 때문에 씻을 수 없는 우려가 있었다.

그러나 이아손은.

"그럼 그 특례를 제외하고 너의 평가는 어떤가?"

현시점에서 '만약', '혹시', '어쩌면'이라는 말은 아무 의미도 없다—고 대답하고 싶은 카체의 우려 따윈 조금도 개의치 않았다.

그렇다면 카체도 각오할 수밖에 없었다.

가치 있는 원석을 갈고 닦는 기쁨이, 아주 짧은 동안이나마 없었다고는 말할 수 없다.

하지만 그것은 리키가 '평범한 잡종'이 아니었기 때문이다.

"녹슨 감을 되찾기 위해 재활 훈련을 한다면 못할 것도 없겠지만 그 이외의 메리트와 디메리트를 생각하면 솔직히 말해서 달갑지 않은 게 본심입니다."

예측했던 범주 내의 대답이었던 걸까, 이아손은 살짝 입꼬리를 올렸다.

"먹고, 자고, 안기고… 그렇게 살면서 나이를 먹어간다고 생각하면 소름이 끼친다고 하더군."

카체는 저도 모르게 숨을 삼켰다.

펫이 주인에게 그런 폭언을 내뱉었다고 놀란 건 아니다. 외부에는 절대 흘러나오지 않는 에오스의 알려지지 않은 일면을 잠시 엿본 듯한 기분이 들었기 때문이었다.

있을 수 없는… 있어서는 안 되는 일을 묵인하고 있는 이아손의 결정적인 변질을 바라보며 카체는 할 말을 잃었다.

"어차피 사육당할 바에는 에오스에서 질식하는 것보다는 마켓에서 일하고 싶다. 잡아먹을 듯한 눈으로 그렇게 말하더군. 언제나 고집스럽고 절대 비굴하게 굴지 않는 리키가 내게 말이지."

퍼니처로서 카체가 기억하는 펫 관념은 달랐다.

'없어도 딱히 곤란하지 않지만 방해만 되지 않는다면 시야 한구석에 놓아둬도 상관없다'.

이아손은 철저하게 무관심했다.

그래서 리키에 대한 이아손의 이질적인 집착에 진심으로 놀랐고 일종의 우려마저 느끼지 않을 수 없었다.

그러나 이제는 그마저도 무너져 내렸다.

"나로서는 마켓 안까지라면 목줄을 늘려주는 것도 나쁘지는 않아. 물론 너의 감시하에 둔다는 조건을 붙여서."

이번에야말로 카체는 할 말을 잃었다.

이건 있을 수 없는 일이다.

잘못 들은 게 아니라면 자신의 귀가 이상한 것이다.

말도 안 돼….

이아손이 일에 개인적인 감정을 끼워 넣다니 있을 수 없는 일이다.

지금 자신의 눈앞에 있는 이아손은 정말 이아손 밍크일까?

두근두근 기이하리만치 빨라지는 고동 때문에 사고 회로가 정지되어 버릴 지경이었다.

있을 수 없는 일이 일어나는 충격.

어째서?

있을 수 없는 일이 일어나기 위해서는 이유가 필요하다.

대체 뭘까?

단순한 충동이 아닌 필연.

문득 그런 생각을 떠올린 순간.

"에오스에서 대체 무슨 일이… 있었던 겁니까?"

지극히 자연스럽게 그 말이 입 밖으로 흘러나왔다.

"경우에 따라서는 리키를 에오스에서 내보내게 될 수도 있다."

수수께끼와도 같은 그의 말에 카체의 입술은 더욱 딱딱하게 굳었다.

에오스로 리키를 다시 데려온 지 겨우 4개월.

그런데 어째서?

"에오스 밖에서… 리키를 키우실 생각입니까?"

그거야말로 있을 수 없는 현실이다.

그러나.

"그래."

이아손의 목소리는 조금도 흔들림이 없었다.

"어디에서?"

반쯤 신음하듯 묻는 카체의 목소리는 잔뜩 잠긴 채 떨리고 있었다.

"아파티아."

미다스에서 유일하게 개인 소유가 인정되는 최고급 콘도미니엄의 이름이 흘러나온 순간 카체는 아무 말도 못 한 채 눈을 크게 떴다.

———⊰✦⊱———

이아손의 충격적인 고백—정말 그렇게 생각할 수밖에 없는 경악이었다—을 듣고 두 주가 지났다.

여느 때처럼 블랙마켓 본부에 있는 집무실에서 정보처리에 여념이 없었던 카체에게 이아손으로부터 연락이 왔다.

"무슨 일이십니까."

카체는 스크린을 향해 평소와 변함없이 말했다.

하지만 어떤 예감 같은 게 느껴졌다.

『리키를 에오스에서 내보내게 되었다.』

아무 서두도 없이 이아손이 그렇게 말했다.

예감이 현실이 되었지만 카체는 더 이상 당황하지 않았다.

"그럼 아파티아로?"

『그래, 가까운 시일 안에 준비를 마칠 예정이다.』

"그럼 지난번에 말씀하셨던 것도 확실하게 결정하신 겁니까?"

『일단 녹슨 감을 되찾기 위한 재활이 최우선이지만.』

"리키에게는 말씀하셨습니까?"

『아직이다.』

있을 수 없는 일이 일어나는 비상식.

이쯤 되면 이제 무슨 일이 일어나도 이상하지 않을 것 같아서 일일이 놀랄 겨를도 없었다.

그러나.

"정말 괜찮으신 겁니까?"

주의하고 또 주의하여 확실한 약속을 받아두지 않으면 불안해
진다. 말하자면 그건 카체의 습성이라기보다는 리키와 관련된 일
에 단 하나의 차질도 있어서는 안 되기에 보증서를 받고 싶다는 심
정에서 나온 말이었다.

『뭐가 말이냐?』

"리키가 다시 돌아오면 쓸데없는 소문이 퍼질지도 모릅니다."

『네 펫이라는 사실만 새어나가지 않으면 그걸로 됐다. 나머지는
그 녀석이 자력으로 어떻게든 하겠지.』

그 말투는 그 정도도 못할 만큼 쓸모없는 녀석이라면 마켓에서
기를 가치도 없다, 그렇게 말하는 듯했다.

단순히 사랑에 눈이 멀어 이성을 잃어버린 것이 아닌, 그 확신
범 같은 태도가 무섭다.

『너에게 맡기는 이상 쓸데없는 참견은 하지 않겠다. 그 녀석이
선을 넘지 않는 한.』

"리키의 존재 자체가 중대한 약점이 되어도 말입니까?"

『에오스에서 질식하게 만드는 것보다는 낫겠지.』

이제는 무슨 말을 들어도 놀랍지 않을 것이다. 그렇게 생각했지
만 그 목소리 구석구석 배어있는 달콤함에 카체는 무심코 자신의
귀를 의심했다.

『그럼 부탁한다, 카체.』

카체의 대답을 기다리지 않고 영상 통화가 끊겼다.

영상폰의 스위치를 끈 후 카체는 지친 듯이 의자에 몸을 기댔다.

'너는 어쩔 셈이냐? 리키. 타나그라의 블론디를 이렇게까지 멋지게 평범한 인간으로 끌어내리다니… 넌 이제 어쩔 셈이냐?'

10장

그날.

평소와 똑같은 아지트에서.

"쳇. 죽음의 카운슬링이라고? 웃기고 있네."

아직 해가 높이 떠 있는 시간부터 루크는 싸구려 술을 들고 혼
자 주정을 늘어놓고 있었다.

"야, 가이. 키리에는 죽도록 겁에 질렸었다며? 가디언의 도련님
도 그것 때문에 미쳐버렸다며? 그런데 앞뒤가 안 맞잖아."

중얼중얼.

투덜투덜….

구시렁구시렁….

루크의 독설은 멈추지 않았다.

"그럴 바엔 차라리 가디언에서 생체실험이라도 하고 있다는 얘
기가 훨씬 그럴듯하겠네…."

자포자기한 듯 내뱉은 말이 루크의 진심이 아니라는 것쯤은 그
들도 알고 있었다.

하지만.

"농담이 심하다? 루크. 거기서 시체 해부를 하고 있었다는 것만
으로도 구역질이 나는데."

노리스가 씩씩거리며 고형 푸드를 씹었다.

투덜투덜 술주정을 늘어놓는 루크를 흘낏 바라보며 아까부터 묵묵히 입을 다물고 있는 시드의 눈초리는 노리스의 말에 찬동하듯 험악했다.

그런 멤버들을 한 바퀴 훑어보며 가이는 깊은 한숨을 쉬었다.

"문제는 뒷돈의 출처가 블랙마켓이라는 거잖아? 키리에 녀석, 그걸 빌미로 한탕 뜯어내려다가 당한 걸지도 몰라."

너무나도 그럴듯해서… 그 이상은 떠오르지 않았다.

약육강식은 공공연하게 통용되는 슬럼의 법칙이다.

잠자리에서 쓸 만한 정보 하나라도….

그걸 대전제로 한 육체관계를 뭐라고 할 생각은 없다. 가디언이라는 성지에서 한 발자국도 '밖'에 나와 본 적 없는 도련님을 농락하는 것쯤은 분명 키리에에게는 식은 죽 먹기였으리라.

그런 발상 자체가 가이와 멤버들로서는 생각조차 할 수 없는 일이었다.

키리에는 최악의 쓰레기였지만 사냥감을 노리는 후각만큼은 몹시 뛰어났던 모양이다.

만약 일이 그 정도로 끝났더라면 키리에에 대한 평가도 완전히 달라졌을지 모른다.

'역시 키리에야. 진짜 철저하네.'

'즐기기도 하고, 한몫 벌기도 하고, 최고잖아?'

'섹스도 투자의 일종인가?'

가이는 예외였겠지만….

그러나 평소에는 삐딱하게 가벼운 빈정거림을 날리는 루크도, 칙칙한 분위기를 띄우는 데 달인인 노리스도, 말수는 듬직한 시드도, 그리고 가이도. 가디언과 블랙마켓의 검은 유착 관계는 예상 이상으로 그들에게 타격을 입혔다.

 '스카페이스의 카체… 라.'

 무알코올 음료를 마시며 가이는 지코에게 그 이야기를 들었을 때 받았던 충격을 씁쓸하게 떠올렸다.

———— ✳ ————

 지코의 대리인이라는 남자의 연락을 받고 가이와 루크가 한밤 중에 또다시 닐 다트로 향한 것은 그로부터 2주일 후였다.

 이제야 겨우 마음속의 응어리가 사라지고 모든 걸 확실히 알 수 있다. 답답한 불안이 해소될 거라는 안도감보다 진상이 명백하게 드러나리라는 기대감에 지난번과는 다른 의미로 가벼운 긴장을 느꼈다.

 그런 두 사람에게 지코는 태연하게 폭탄을 던졌다.

 "가디언에서는 정신 카운슬링이라는 명목으로 실은 안락사를 장려하고 있습니다."

 몹시 듣기 좋고 부드러운 목소리였다.

 그 순간, 머릿속이 느닷없이 새하얗게 물든 것처럼 시야가 이상하게 뒤틀렸다.

 '정신 카운슬링'.

'안락사'.

말의 의미는 알고 있지만 그 둘이 도저히 하나로 연결되지 않았다.

그 충격이 가시기도 전에 지코는 또다시 두 사람의 뒤통수를 사정없이 갈겼다.

"그 시체를 처리해서 블랙마켓에 넘기고 그걸로 돈을 벌고 있다더군요."

"말도 안 돼!"

"거짓말!"

거의 동시에 두 사람은 외쳤다.

아니. 언성을 높이고 잔뜩 흥분하여 양손으로 테이블을 내리치며 지코의 말을 전부 부정할 수밖에 없었다.

그런 반응마저 예측하고 있었던 것일까, 지코는 한쪽 뺨을 살짝비틀며 웃었다.

"가디언에 수상한 소문이 있다고 말한 건 그쪽 아닙니까? 새삼스럽군요."

정곡을 찔린 만큼 아무 말도 할 수 없었다.

아니야.

하지만.

그럴 리 없어!

이런 걸 알고 싶었던 게 아니야.

아니야.

거짓말.

전부 헛소리일 거야!

소리 없는 외침이 목구멍에 달라붙어 타들어 갔다.

그럼 무엇을?

대체… 무엇을?

자문하고.

반문하고.

머릿속이 뒤죽박죽 혼란스러웠다.

지코가 알려준 정보는 단순한 스캔들이라기에는 너무나도 무거워서 이해가 되기는커녕 뇌수까지 차갑게 마비되어 아무것도 생각할 수 없었다.

"기억나십니까? 꽤 오래전에 유행했던 '드림 캐처'."

"중독되면 뇌 장애를 일으키는… 그거 말이야?"

헤드기어를 장착하기만 해도 생생한 3D 온라인 게임에 참가할 수 있는 게임기를 말한다. 물론 케레스 한정이지만.

오락거리가 부족한 슬럼에서 한때 폭발적인 인기를 얻었으며 어느 변두리 술집에 가도 2, 3대는 설치되어 있던 때가 있었다.

지나치게 열중하다 보면 중독되어 헤어나올 수 없게 되고 뇌에 지독한 손상을 입혀 인격 장애를 일으키거나 최악의 경우 뇌세포가 괴사하는 경우도 있었다.

"그렇습니다. 너무 위험하다고 판단되어 제조가 중지됐죠."

그러나 모든 게 '자기 책임'이라는 한마디로 상쇄되는 슬럼에서는 게임만 철거되었을 뿐 책임 문제를 성토하는 목소리조차 일지 않았다.

당시 항간에 그럴듯하게 떠돌았던 소문은 미다스 측에서 새롭게 도입할 게임 어트랙션 시험작의 모르모트로 슬럼의 주민들을 이용한 것 아니냐는 설이었다. 물론 상황이 아무리 수상쩍어도 당연히 진실은 어둠 속에 묻혀버렸다….

"그 개량형이 사용되고 있다고 합니다."

"개량형…?"

지코는 능숙한 손놀림으로 콘솔을 조작하여 아무리 봐도 고급 리클라이너(등받이가 뒤로 넘어가는 안락의자)로밖에 보이지 않는 기기를 버추얼스크린에 투사했다.

"이게… 그 기계?"

"네. 뇌간(腦幹)에 특수한 나노 칩을 박아서 사용합니다. 어떤 꿈이든 원하는 대로 생생한 유사 체험을 할 수 있다더군요."

"그러니까, 편안하게 원하는 꿈을 꾸면서 죽을 수 있단 말이야?"

안락사라니까 아마 '그런' 거겠지.

"그렇습니다. 아름답게, 즐겁게, 간단하게…."

마치 그 3종 세트가 세일즈 포인트라도 되는 듯한 말투에 가이는 혐오감을 노골적으로 드러내며 지코를 노려보았다. 지코의 입장에서는 가이의 시선 따위 아프지도 가렵지도 않았지만.

"그때 뇌에서 추출되는 '엔도르핀'… 말하자면 뇌내 마약이라고 불리는 물질입니다만, 이 물질은 태아에게만 함유되어 있는 세포 활성화 엑기스와 마찬가지로 상당한 가치가 있죠."

청산유수처럼 막힘없이 해설하던 지코는 그 순간 살짝 쓴웃음을 지었다.

"두 분, 그렇게 노골적으로 노려보지 마시죠. 저는 정보료에 맞는 사실을 있는 그대로 보고하는 것뿐입니다…. 마음에 들지 않으면 생략할까요?"

"태아라니… 설마 그런 짓까지 하고 있단 말이야?"

가디언은 양육센터다. 그 말만은 흘려 넘길 수 없다는 듯 루크는 신음했다.

"그렇진 않을 겁니다. 모태 출산이 원칙인 케레스에서 여성은 희소가치가 있으니까요. 위험 요소가 너무 큽니다. 오직 태아를 낙태시키기 위해 임신시키는 건 수지가 맞지 않지요."

지코의 어조는 변함없었다. 개인적인 감정은 조금도 담겨있지 않았다.

그래서 더더욱 불쾌했다.

슬럼의 주민이라면 지코의 말이 전부 사실이라는 걸 잘 알고 있기 때문이다.

슬럼은 99퍼센트 남자로만 이루어진 뒤틀린 사회다. 희소한 여자는 태어나서 죽을 때까지 극진하게 보호받는다.

아니—격리된다. 아이를 낳기 위해서….

그게 어떤 의미를 지니고 있는지, 진지하게 의문을 품는 토양마저 슬럼에는 존재하지 않는다. 뭘 어떻게 하건 슬럼은 슬럼이기 때문이다.

"요금을 지불하고 사인 하나만 하면 몇 년씩 냉동 수면도 자유롭게 할 수 있는 시대입니다. 가진 돈을 모두 털어 넣어서 신체를 사이보그로 개조하는 것도 요즘 유행하는 젊어지기 위한 방법 중 한 가지죠. 특별한 능력이 있는 것도 아니고 돈도 연줄도 없는 가난한 사람을 상대로 안락사 센터를 운영하는 것은 어느 연방에서나 드문 일이 아닙니다."

그게 사실인지 아닌지, 가이와 멤버들이 알 방법은 없다. 케레스는 모든 정보와 격리된 육지의 고도(孤島)이기 때문이다.

"슬럼의 인간들도 예외는 아닙니다. 추하게 늙는 것보다는 젊은 나이에 죽고 싶다, 그런 것 아닐까요?"

"그 후에 조각조각 잘려서 팔릴 걸 알면서도?"

"그걸 굳이 알려줄 필요는 없잖습니까?"

그럴까?

죽은 후 자신의 몸을 쓸모있는 곳과 없는 곳으로 분류하여 조각조각 팔아버릴 거라는 사실을 알면 상황은 달라지지 않을까?

가이는 그런 식으로 죽고 싶지는 않았다. 그건 그저 가이가 지코가 말한 '추하게 늙는 것'을 현실적으로 실감하지 못하기 때문일지도 모르지만.

"돈도 지불하지 않고 기분 좋은 꿈에 파묻혀 아름답게 죽는 겁니다. 비용이 드는 만큼 완전히 무료로 봉사할 수는 없죠. 인간은 죽어도 돈이 됩니다. 살아 있는 자들이 유용하게 사용함으로써 가치가 생기는 법이죠. 그렇지 않습니까? 깨끗하기만 해서는 인간도 조직도 움직이지 못합니다."

세상사에 닳고 닳은 듯한 어조로 지코는 그렇게 단언했다.

슬럼의 주민들에게 가디언은 유일한 성역이었다.

양육센터에서 자란 13세까지의 추억이 있기에 폐쇄감으로 가득한 슬럼에서도 살아갈 수 있는 것이다. 설령 그 기억이 극단적으로 미화된 향수라 해도.

그 비밀을 파헤치려고 결심한 이상 당연히 그들도 나름대로 각오는 되어 있었다.

그러나 막상 너무나도 추악하고 비릿한 현실을 코앞에 들이밀자 생리적인 혐오가 앞서서 도저히 받아들이기 힘들었다. 얼굴도 머리도 그대로 딱딱하게 굳어버리고 말았다.

인간은 몰라도 되는 비밀을 알게 되면 말이 없어지는 법이다.

그것이 실감으로 변해 양어깨를 무겁게 짓누르기 시작할 무렵.

"리키 녀석… 이 일을 알고 있었을까."

노리스가 작게 중얼거렸다.

"그래서… 그렇게 변해버린 걸까?"

순간 모두가 흠칫 얼굴을 마주 보았다.

설마.

침묵 속에서 그들은 곧 시선을 떨궜다. 각자 괴로움을 가슴에 품은 채….

11장

고요한 방 안.

"···하아··· 응··· 응···, 우··· 아아··· 으응···."

뜨거운 숨결과 낮게 잠긴 신음이 뒤얽혀 음란한 꽃을 피웠다.

간접 조명의 불빛 아래, 킹사이즈 침대를 둘러싼 공기는 탁하고 끈적끈적했다. 참을 수 없이 흘러나오는 신음에 리키가 목을 떨 때마다 음란함은 더욱 짙고 질척하게 소용돌이쳤다.

"흐윽···, 아··· 으으응ㅡ."

신음과도 같은 거친 숨소리에 문득 안타까운 달콤함이 섞였다.

옅은 땀이 밴 미간이 음란하고 사납게 일그러졌다. 시트를 움켜쥐는 손가락의 떨림이, 부들거리는 입술이, 생생한 요염함을 풍기며 리키의 피부를 에로틱하게 물들였다.

사지를 긴장하고.

고개를 젖히고.

드러난 목을 경련하며 교성을 질렀다. 잔뜩 쉬고 달아오른 희열을 쥐어짜는 것처럼.

찌릿찌릿 타는 듯한 저릿함이 이빨을 드러내며 허리를 물어뜯었다.

움찔움찔 잔뜩 쉰 목소리를 삼키며 리키는 뻣뻣하게 몸을 뒤틀었다.

그러나 다리 사이에 감겨든 화려한 금발은 꿈적도 하지 않았다.

츄웁.

…츄웁.

……츄웁.

축축하고 질척거리는 소리는 끊이지 않았다.

음란하고 가차 없는 구음이었다.

어디가 기분 좋고.

뭘 좋아하는지.

어떻게 하면 쾌감을 느끼는지.

사정할 때까지 뭘 어떻게 해주기 바라는지.

리키에 대해 이아손이 모르는 것은 없었다.

천천히.

세차게.

희롱당한다.

단단하게.

고개를 들고.

휘어지고.

팽팽하게 부풀어 오르고.

혈관이 불거지고.

정액이… 흘러나온다.

포피소대부터 귀두 가장자리까지 몇 번이나 천천히 핥아 올릴 때마다 고환이 바싹 수축했다. 농밀하고 교묘한 혀의 움직임에는 도무지 저항할 방법조차 없었다.

하물며 제일 약한 요도구를 손톱 끝으로 파헤치며 뾰족한 혀끝으로 희롱하면 척추가 삐걱거릴 만큼 뜨겁고 저릿한 감각이 등줄기를 관통했다.

온몸의 마디마디가 음란하게 욱신거리고 감미로운 도취에 이성마저 날아가고 나면 피가 끓는 듯한 욕망만이 고스란히 드러난다. 녹아내릴 것처럼 뜨거운 소용돌이는 몇 겹씩 똬리를 튼 채 고동을 물어뜯고 심장을 움켜쥔다.

시야는 붉고 흐릿하게 짓무르고 끊임없이 흘러나오는 신음 외에는 아무것도 들리지 않는다.

아무리 맛있는 술도 지나치면 독이 된다고 했던가. 리키에게 이아손과의 섹스는 바로 그런 마약과도 같았다.

수치도 모르고 한껏 벌어진 다리 사이에서 양쪽 발끝까지 잘게 경련이 일었다. 딱딱하게 굳은 입술은 부들부들 떨리기만 할 뿐 더 이상 신음조차 나오지 않았다.

그 순간 이아손이 성기를 깊이 머금은 채 목구멍 안으로 세차게 빨아올렸다. 리키는 한껏 숨을 죽이며 등을 휘었다.

리키의 성기를 물고 있는 이아손의 목이 음란하게 아래위로 커다랗게 움직였다. 리키가 가슴을 세차게 들썩거린 후 축 늘어져도 이아손은 고개를 들려고 하지 않았다.

에오스에서 보낸 첫 반년 동안, 길들이기라는 이름으로 가해진 음란하고 가차 없는 조교에는 언제나 다릴이 불려왔다.

오직 발기를 시키기 위해 구음을 하고 이아손의 손가락을 삼킬 수 있도록 혀로 애널을 핥았다. 그곳이 다릴의 타액으로 축축하게 젖을 때까지. 굴욕과 치욕으로 자존심은커녕 뇌 신경마저 새카맣게 타버렸다.

가이와 오랄 섹스를 할 때는 아무런 수치도 저항도 없었던 리키에게 마음이 따르지 않는 섹스—아니, 그건 조교일 뿐 섹스조차 아니었다—란 정신에 얼마나 지독한 고통을 안겨줬던가. 그 행위는 고행이나 마찬가지였다.

데뷔 파티에 나가고 펫 링을 착용하게 된 후로 다릴이 침실에 불려오는 일은 없게 됐지만 그래도 이아손이 직접 구음을 하는 경우는 없었다.

이아손이 즐겨하는 섹스는 폭력적이지는 않지만 언제나 지배적이며 집요했다. 그건 리키가 너무나도 반항적이고 언제까지나 고집을 꺾지 않았기 때문일지도 모르지만. 어쨌든 리키가 쾌감에 신음하고 음란하게 몸부림치며 몸도 마음도 흐물흐물해질 때까지 결코 봐주지 않았다.

에오스에서 섹스는 '교미'라고 부른다. 아무 금기도 수치도 없는 수컷과 암컷의 교접이기 때문이다.

리키는 교미 파티에 나가는 대신 자위를 허락받았지만 어느 날을 경계로 그것도 금지되었다.

그 후로는 자위를 할 기력도 체력도 없을 만큼 빈번히 이아손에게 안겼다. 금지라기보다는 그게 더 정확한 표현이리라.

다른 펫들은 리키가 키스 마크를 달고 돌아다니기만 해도 꺄아꺄아 시끄럽게 굴었지만 리키는 자신의 성감대를 볼썽사납게 드러

내고 다니는 기분이라 견딜 수 없었다.

물론 속마음은 어쨌든 한 걸음 밖으로 나가면 그런 약한 모습은 보이지 않았다.

이아손은 리키에게 자위를 금지시킨 만큼 쌓인 것은 정기적으로 배출시켜주지 않으면 안 된다고 생각했던 모양이다. 음란한 펫에게 그렇게 해 줘야만 한다고.

항문에 이아손의 성기를 삽입하는 섹스보다 오히려 그쪽이 더 많았을지도 모른다. 고환에 쌓인 정액을 모두 쥐어짜는 행위.

당연히 두세 번 정도로는 끝나지 않았다. 나올 것이 없을 때까지 쥐어 짜였다.

『더는 안 나와.』

너무 괴로워서 몇 번이나 울며 애원해도 용서해주지 않았다.

『싫어.』

고개를 돌려도 소용없었다.

『그만 용서해줘.』

허리를 뒤틀며 도망치려 해도 힘으로 끌어내리고 강제로 찍어 눌렀다.

몸 안 깊은 곳까지 흐물흐물해지곤 했다. 단순한 비유가 아니라 정말로.

그리고 마지막에는 가장 깊은 곳까지 꿰뚫려서 깊숙이 받아들인다. 최고급 예술품이라고 칭송받는 이아손의 성기를. 가짜라고는 생각할 수 없을 만큼 섬세하게 기능하는 그것은 살아 있는 생명체가 아니기에 끝이 없었다.

찢기고.

흔들리고.

휘저어지고.

몸 안 가장 깊은 곳까지.

깊게.

꿰뚫리며.

끝없는 쾌감.

멈추지 않는 절정의 감각.

희열의 파도가 소용돌이치며 폭주한다.

이아손에게 안기기 전까지 리키는 그런 섹스를 알지 못했다.

온몸의 솜털이 곤두서고, 피가 끓어오르고, 드라이 오르가슴 직전까지 교성을 지르고, 의식이 날아가 버릴 때도 많았다.

그런 섹스에 길들여진 이상 이제 다른 누구와도 할 수 없을 것이다. 아마도….

몸 안이 이아손의 형태를 기억하고 있기 때문에, 주어지는 쾌감의 깊이가 기억에 각인되어 있기 때문에, 누구와 해도 위화감이 느껴질 것이다. 틀림없이….

리키가 슬럼으로 돌아간 후 섹스를 하지 못했던 건 무서웠기 때문이다. 음란한 자신을 떠올리는 것이. 겨우 펫에서 해방되었으니 몸에 들러붙은 독을 모조리 씻어버리고 싶었다.

그럴 수 있으리라 생각했다.

모든 것을 원래대로 되돌릴 수는 없더라도 따분하고 구역질이 날 만큼 변함없는 슬럼 속에서라면 잘게 새겨진 상처도 어느 정도 시간이 해결해줄 거라고.

그러나 충족되지 않는 굶주림과 갈증이 언제까지나 목을 태울 따름이다.

발기해도 좀처럼 사정할 수가 없었다. 귀에 익숙해져 버린 이아손의 서늘한 목소리. 떠올리기조차 싫은데도 귀에 들러붙은 고압적인 목소리 속에 숨겨진 관능적인 톤을 떠올리지 않으면 사정할 수 없게 되었다.

그런 자신이 견딜 수 없이 싫어서 자기혐오에 빠지곤 했다.

그리고 그날 밤.

집으로 찾아온 이아손에게 1년 만에 안겼을 때, 리키는 굶주린 몸이 이아손의 애무를 갈구하며 폭주하는 것을 자각하지 않을 수 없었다.

그때 처음으로.

리키는 진심으로 이아손을 원했다.

손에 넣은 자유와 맞바꿔서 그 굶주림과 갈증을 채우기를 선택했다. 설령 거절할 수 없는 양자택일이었다 해도.

이아손과의 섹스로 인해 자신의 안에서 뭔가가 변질되었다. 진정한 의미로 그 사실을 실감하지 않을 수 없었다.

펫으로 지낸 3년간은 주어지는 쾌감과 굴욕을 전면 부정함으로써 리키는 리키로 존재할 수 있었다.

그러나 다시 에오스로 돌아온 후, 리키는 변질된 것은 자신만이 아니라는 사실을 깨달았다. 이아손이 리키를 안는 방법도 변했기 때문이다.

가장 두드러지는 점이 바로 구음이었다.

다시 돌아오기 이전의 이아손은 성감대를 자극하기 위해 젖꼭지를 가볍게 핥고 깨물거나 숨 막힐 만큼 키스를 퍼부은 적은 있어도 리키의 성기를 입에 문 적은 없었다. 그것이 직접 펫을 안고 즐기는 주인, 에오스의 관습을 깨부순 이단, '악취미'라고 불리는 이아손의 블론디로서 양보할 없는 최후의 선이라도 된다는 듯이.

그런 그가 변했다.

마치 아무 금기도 고집도 없었던 것처럼 지극히 자연스럽게, 당연한 권리를 행사하듯이 리키의 다리 사이에 얼굴을 묻게 되었다.

이아손의 펫으로서 3년간 에오스에서 사육당하며 리키는 이아손에게 무슨 짓을 당하건 이제는 수치심 한 조각조차 남아있지 않을 거라고 생각했다. 하지만… 그렇지 않다는 것을 알게 되었다.

그곳을 움켜잡혀서 실컷 희롱당한 끝에 사정하는, 그 모습을 처음부터 끝까지 이아손에게 보이는 것은 전혀 수치스럽지 않았다. 펫으로서 배워야 할 '교육'의 첫 번째 단계는 수치심을 버리는 거라고 실컷 주입받았기 때문이다.

담당 퍼니처에게 강제로 당하는 구음이 바로 그런 것이었다. 물론 그 행위가 에오스에서 유일한 예외였다는 사실을 리키는 알지 못했지만.

이아손의 구음이라는, 절대 있을 수 없는 행위를 당했을 때 리키는 존재할 리 없는 수치심에 머릿속이 끓어오르는 것만 같았다.

『바보.』

『그만둬.』

『변태!』

있는 힘껏 이아손을 비난하고 욕설을 퍼부었다. 그 목소리가 갈라지고, 떨리고, 이윽고 잔뜩 쉬어서 음란한 교성으로 변할 때까지 그리 오랜 시간은 걸리지 않았다.

특히 요도구를 자극하는 것이 제일 견디기 힘들었다. 혀로 성기 끝을 핥기만 해도 리키는 교성을 지르며 옆구리를 경련했다.

손톱 끝으로 하는 희롱과는 달리 뾰족한 혀끝으로 쿡쿡 지르면 요도관 깊은 곳까지 짜릿했다. 민감하기 그지없는 점막이 찌릿찌릿 욱신거리는 쾌감은 애널을 깊게 꿰뚫리는 쾌감과는 또 다른 희열이었다.

그 사실을 몸서리가 쳐지도록 자각하며 리키는 목이 쉴 때까지 교성을 지르곤 했다.

이아손은 새로운 성감대를 발굴하는 것처럼 집요했다.

쿠퍼액을 핥아먹고, 새로운 자극을 재촉하는 것처럼 핥아 올리고, 성기 끄트머리가 음란한 색으로 부풀어 오를 때까지 빨았다.

페니스뿐만이 아니다. 전에는 그 아래 늘어진 고환을 아플 만큼 움켜쥐고 주무른 적은 있어도 빨거나 핥은 적은 없었다. 그곳을 손가락으로 주무르며 희롱하는 것과 혀를 굴리며 빨아올리는 것은 전혀 달랐다.

허공에 뜬 리키의 허리 밑에 베개를 대고 다리를 음란하게 활짝 벌려서 양쪽 팔꿈치로 고정한 후 훤히 드러난 고환을 이아손이 하나씩 빨기 시작했을 때 리키는 저도 모르게 온몸을 떨었다.

혀로 핥고 빨아올릴 때마다 쾌감과는 다른 의미로 다른 한쪽 고환까지 움츠러들었다. 고환을 빨아올리며 가볍게 깨문 순간 혹시 으깨져 버리는 건 아닐까 싶어 발끝까지 뻣뻣하게 굳었다.

이제는 그런 두려움조차 쾌감으로 바뀌곤 한다.

아파티아에 온 후로는 지켜보는 칼의 눈이 없기 때문인지 이아손과의 섹스도 한층 농밀해졌다. 그 자각과 실감만은 리키의 마음속에서 확실하게 커져가고 있었다.

그래도.

설마.

정말로 에오스를 벗어날 수 있을 거라고는 생각도 못 했다.

그날.

목줄과 리드를 달고 이아손의 방에서 끌려 나왔을 때, 리키는 대체 어디로 가는 건지 도통 짐작조차 가지 않았다.

블론디 전용 자기 엘리베이터를 타고 지하주차장으로 내려가서 에어 리무진을 타고 아파티아에 도착했다.

게다가 그곳에는 어째서인지 카체가 있었다.

뭐가 뭔지 아무것도 모르는 리키는 그때 처음으로 아파티아가 자신의 새로운 거처이며 앞으로 카체의 부하로서 블랙마켓에서 일하게 됐다는 통보를 받았다.

그때.

의료실에 구속되어 있을 때.

『나를 에오스에서 내보내 줘.』

그렇게 말했었다.

『에오스에서 썩어 가느니 블랙마켓에서 사육당하는 게 훨씬 나아!』

자포자기로 외치기도 했다. 하지만 그게 설마 이런 형태로 실현될 줄은 생각도 못 했다.

분명 이유가 있을 것이다. 그쪽이 궁금해서 견딜 수 없었다.

그 '이유'가 무엇인지, 아파티아에서 지내는 동안 리키 나름대로 어렴풋이 눈치채기 시작했다.

에오스의 퍼니처가 잡종이라는 사실을 알게 된 자신을 그대로 그곳에서 키울 수 없게 된 것 아닐까?

그래서 아파티아라는 새로운 '우리'를 마련한 게 아닐까?

당연하지만 이아손은 아무 설명도 해주지 않았다.

아무런 설명도 없는 점이 오히려 진상의 한 자락을 말해주는 듯해서 리키는 캐물을 기분조차 들지 않았다.

요도관에 남아있는 정액을 쥐어짜듯 이아손이 성기를 빨아올렸다. 그 찌릿찌릿한 자극에 리키는 살짝 미간을 일그러뜨렸다.

거친 고동과는 반대로 낮고 느릿느릿하게 사고가 되돌아왔다. 그래도 머릿속에는 아직 엷은 안개가 끼어 있었다.

허리를 뒤덮고 있던 묵직한 무게가 사라졌다. 그걸로 겨우 이아손의 구음에서 해방되었다는 사실을 알았다.

깊은 한숨을 내쉬며 리키는 이마에 달라붙은 앞머리를 쓸어 올렸다. 그 손에는 저릿함과도 같은 희미한 떨림이 남아 있었다. 다리 사이의 욱신거림도 아직 완전히 가라앉지 않았다.

'뭐… 지?'

영문을 알 수 없는 당혹감이 느껴졌다.

평소와는 뭔가… 다르다.

하지만 뭐가 어떻게 다른지 확실하게 알 수 없었다.

답답함에 리키는 머뭇머뭇 다리 사이로 손을 뻗었다.

이미 세 번이나 사정했다.

처음에는 이아손과 격렬하게 키스를 한 것만으로 발기하여 자기혐오에 빠질 만큼 허무하게 사정했다. 이아손이 일주일 만에 찾아왔다는 것쯤은 변명도 되지 않을 정도였다.

두 번째는 잔뜩 시간을 들여 온몸을 희롱당했다.

사정할 것 같으면서도 사정할 수 없는 안타까움.

천천히 타오르는 불길이 쾌감을 자극했다.

"해줘…. 응?"

잔뜩 애가 탄 리키가 그렇게 조를 때까지 이아손은 냉정했다.

『무엇을?』

『어디를?』

『어떻게 해달라는 거지?』

단단해진 젖꼭지를 튕기고, 어루만지고, 지그시 누르고, 가볍게 깨물기만 할 뿐 제일 원하는 곳에는 아무런 자극도 주지 않았다.

움켜쥐고.

비비고.

사정하게 해줘!

타들어 가는 것은 얼굴이나 수치심이 아니라 미열이 고인 다리 사이였다.

말로 자극을 조르는 것에 익숙하지 않은 리키가 더 이상 참지 못하고 입가를 경련하며 애원하기를 이아손은 기다리고 있었다.

에오스에서는 쾌감이란 주어지는 것이 아니라 이아손에 의해 강제로 자극당하고 빼앗기는 것이었다. 그곳에 리키의 의지는 없었다.

그러나 아파티아에서는 조금 다르다.

절정에 도달하는 것은 같아도 그저 빼앗고 찍어 누르기만 하던 이아손이 리키의 말을 기다리고 있다. 그것도 아파티아로 거처를 옮긴 후부터 느끼게 된 위화감 중 하나였다.

허리가 녹아버릴 것 같은 두 번째 사정의 여운이 식기도 전에 방금 전 또다시 사정하고 말았다.

그런데도 여전히 '개운하지 않고' 기묘한 저릿함이 남아 있었다.

물론 이아손과 일주일 만의 만남이긴 하지만 그것과 이건 별개다. 그렇게 생각하며,

'말도… 안 돼.'

리키는 괴롭게 손안의 것을 움켜쥐었다.

그때 문득 귓가에서 이아손이 낮게 웃었다.

"왜 그러지? 아직 부족한가?"

마치 꿰뚫어 보는 듯한 말투였다.

"그런 게 아니야."

잔뜩 쉰 목소리로 대답하면서도 리키의 얼굴이 확 붉어졌다.

"그럼 뭐지?"

리키는 아무런 대답도 못 하고 재빨리 등을 돌렸다.

소리 없는 웃음을 입가에 매단 채 이아손은 그 등을 살며시 쓸

어 올렸다.

"…흐읏!"

진정되기 시작했던 혈액이 단숨에 역류하는 듯한 기분에 리키
는 저도 모르게 뒤로 도망쳤다.

순간.

또다시 지끈… 다리 사이가 욱신거렸다.

'이럴… 수가.'

리키는 그답지 않게 당황했다. 어중간한 수치심이 밀려와 재빨
리 양손으로 성기를 가렸다.

그 손을 강제로 밀어낸 후 이아손은 반쯤 일어선 리키의 성기를
꾸욱 움켜잡았다.

"또 사정할 것 같군."

이아손의 서늘한 목소리는 침대 속에서 속삭이는 달콤한 밀어
와는 거리가 멀다. 그런데도 어째서인지 지금은 그것마저 욕망을
부추기는 에센스였다. 싫어도 자각할 수밖에 없는 그 사실에 리키
는 뺨을 딱딱하게 굳혔다.

"넣어주길… 바라나?"

직설적인 속삭임을 들은 리키는 아랫입술을 깨물었다.

"이래서야 뒤가 욱신거려서 잠들 수 없을 텐데."

귓불을 핥는 듯한 끈적끈적한 속삭임에 다리 사이가 한층 격렬
하게 욱신거렸다.

이아손이 움켜쥐고 있던 성기도 눈에 띄게 단단해지기 시작했
다. 숨기고 싶어도 도저히 숨길 수가 없었다.

뜨거운 고동과 함께 아직 한 번도 건드리지 않은 비부까지 눅진하게 녹아내리는 듯한 착각마저 들었다.

'뭔가 이상해… 오늘 밤 내 몸은.'

리키는 시치미를 떼듯 굳게 눈을 감았다.

그 모습을 흘낏 바라보는 이아손의 입술에서도 미소가 사라졌다.

'물르가 효과가 있나 보군….'

'물르'는 지효성 최음주다. 극상의 맛과 향을 자랑하며 많은 사람들이 지켜보는 가운데 치러지는 펫들의 교미에는 없어서는 안 되는 술이다.

이아손은 그것을 와인 대신 먹였다. 리키가 두 번째로 사정한 후 마른 목을 축여주는 미네랄워터 대신 입으로 옮겨서 먹인 것이다. 리키의 고동이 음란하게 달아오른 것은 당연한 일이었다.

술을 마신 리키가 최음주라는 사실을 전혀 눈치채지 못한 이유는 교미 파티에 한 번도 나간 적이 없기 때문이다. 그런 파티에는 필수품인 최음주에 리키는 조금도 면역이 없었다.

평소 이아손은 리키와 섹스할 때 술도 약도 일절 사용하지 않는다. 그런 걸 사용하지 않아도 리키를 쾌감에 울게 만들 자신이 있었다.

하지만 아주 가끔 스스로도 잘 알 수 없는, 억누를 수 없는 충동이 밀려올 때가 있다.

블론디의 프라이드마저 모두 던져버리고 최고급 섹서로이드라는 이명에 걸맞게 리키를 능욕하고 싶은, 그렇게 뇌수까지 삐걱거리는 듯한 시커먼 욕망이.

리키를 향한 지나친 집착이 심해지면 심해질수록 정반대의 정욕이 치밀어 오른다. 음란하게 몸부림치는 육체, 살아 있는 몸에 대한 질투….

불로불사의 매혹적인 인공체를 지닌 블론디가 살아 있는 육체를 지닌 인간을, 한정된 시간밖에 살아갈 수 없는 짧은 수명을 지닌 존재를 부러워한단 말인가?

아니라고?

감정이라는 이름의 지각은 있어도, 그것이 뇌 신경의 시냅스를 자극해도, 몇 번이나 몸을 겹쳐도 이아손은 리키가 느끼고 있을 절정이라는 감각을 공유할 수 없다는 딜레마를 안고 있다.

블론디라는 절대적인 지배자로서 아무 교육이며 유전자 조작을 받지 않은 잡종 리키를 있는 그대로 발밑에서 키우는 것. 그로 인한 어쩔 수 없는 저주.

『그 녀석을 아파티아에서 키우겠다고? 그게 무슨 미친 짓이지?』

아이샤의 싸늘한 시선이.

『왜 그렇게까지 자신의 명예를 스스로 깎아내리는 거지? 난 도저히 이해할 수 없군.』

기드온의 말이.

『제발 정신 차려. 악취미도 그쯤 되면 웃음도 나오지 않으니까.』

라울의 충고가.

『그렇군… 아파티아라. 그곳이 자네의 한계점인가.』

오르페의 의미심장한 말투가 문득 떠올라 뇌리를 스치고 지나

갔다.

생생하게 드러난 에고가.

양보할 수 없는 마음이.

이성으로는 제어할 수 없는 정욕이.

뒤얽히고 굴절하며 삐걱거린다.

그 자각이 있기에 평소에는 사용하지 않는 최음주를 사용했다. 말도 생각도 필요 없이 농밀한 시간을 보낸다면 그 끝에 존재하는 뭔가를 공유할 수 있지 않을까 하고.

아마 그것이 허무한 발버둥이라는 걸 알면서도 결국 지배만이 서로가 이어질 수 있는 유일한 방법이라는 사실에 이아손은 자조하지 않을 수 없었다.

12장

시트의 바다에 검은 머리를 흐트러뜨리며 리키가 신음했다.

거친 숨을 떨며 리키는 교성을 질렀다.

지나치게 민감해진 몸의 어디를 만져도, 무슨 짓을 당해도, 이 아손이 주는 자극은 모조리 희열의 소용돌이로 변했다.

끝이 보이지 않는 쾌감에 이끌려서.

한없는 쾌락에 쫓겨서.

—추락한다.

몸이 녹아내린 후 잘 움직이지 않는 혀로 몇 번이나 중얼거렸다.

물르 때문에 몸도 마음도 녹아내린 리키는 평소보다 더욱 순순히 쾌감을 좇으며 요염하게, 평소와는 다른 의미로 이아손의 눈과 귀를 즐겁게 해줬다.

기분 좋게 탄탄한 엉덩이를 천천히 벌렸다. 무방비하고 음란하게 비밀스러운 곳이 드러났다.

평소에는 윤활유를 정성껏 바르지 않으면 풀리지 않는 그곳이 흘러내린 정액으로 흠뻑 젖어 있었다.

이미 세 번이나 사정하는 바람에 특유의 점성이 사라진 정액은 색도 극히 옅었다.

이아손은 망설임 없이 그곳에 입술을 댔다.

그런 작은 자극마저 쾌감으로 이어지는 것일까, 그 순간 리키가 움찔 고개를 젖혔다.

동시에 부드럽게 풀렸던 입구가 꽈악 조여들었다.

그곳을 억지로 열듯이 혀로 더듬고 정성껏 핥으며 천천히 손가락을 밀어 넣자 리키의 무릎이 부들부들 경련하기 시작했다.

단단해진 성기 뿌리를 펫 링이 조이고 있지 않았더라면 줄줄 흘러내리는 정액은 곧 터져나와버렸으리라.

이아손은 꼿꼿하게 일어선 성기를 달래듯이 어루만지며 몸 안에 밀어 넣은 손가락 가장자리를 혀로 핥았다. 안의 점막이 상처 입지 않도록 손가락으로 풀어주며 두 번째, 세 번째 손가락을 삽입했다.

그렇게 손가락으로 충분히 풀어준 입구는 그래도 이아손을 삼키기에는 아직 너무 비좁았다.

그걸 알면서도 천천히 성기를 밀어 넣었다.

그때마다 리키의 목이 작게 경련했지만 이아손은 멈추지 않았다. 도중에 멈추면 오히려 리키만 더욱 괴로워진다는 것을 알고 있기 때문이다.

성기를 모두 밀어 넣은 후 리키의 호흡이 진정되기를 기다렸다.

리키의 그곳이 자신의 형태에 익숙해질 때까지 기다리는 과정은 싫지 않다. 억지로 꿰뚫고 거칠게 쳐올리면 리키의 몸은 딱딱하게 굳어서 움츠러들기만 한다는 것을 지난 3년간 철저하게 학습했다.

그 순간만 지나면 리키는 더욱 요염한 생물로 탈바꿈한다. 이아손은 그 점을 알고 있었다.

알고 있기에 리키를 교미 파티에 내보내고 싶지 않았다. 다른 사람들에게 그런 리키를 보여주기가 싫었다.

나긋나긋하고 요염하게 변모하는 음란한 모습은 나만의 것. 그 생각만이 머릿속을 채웠다.

내벽을 뜨겁게 파고드는 성기에 등을 휘며 그 타는 듯한 쾌감을 더욱 깊이 맛보기 위해 리키는 스스로 허리를 흔들었다.

비부를 꿰뚫는 단단한 성기가 점액을 휘젓고 내장을 물어뜯을 때마다 클라이맥스는 목구멍을 뚫고 단숨에 치밀어 올랐다.

고통을 뛰어넘는 도취였다.

숨이 막히고 머릿속까지 마비될 듯한 엑스터시였다.

이성도.

체면도.

거짓도 없는—.

촉촉하게 젖은 검은 눈동자에 불꽃이 타올랐다.

이아손을 매료시켜 마지않는 두 눈의 이클립스.

강렬한 정욕 앞에서는 탐욕스러운 본능 외에는 더 이상 거칠 것이 없었다.

후기

안녕하세요.

신장판 『아이노쿠사비』 5권입니다. 여기부터는 드디어(웃음) Chara 문고 오리지널판이랍니다. 하드커버판을 가필, 수정해서 문고로 만들었다기보다는 거의 신작 오리지널 버전? 음, 원래는 이렇게 길어질 예정이 아니었는데. 쓰다 보니 멈출 수가 없더군요(웃음). 하긴 4권도 절반 이상은 오리지널이었으니까요. 항상 그랬잖아… 라는 핀잔이 날아올 것 같습니다만.

문고판으로 바뀌면 아이노쿠사비 월드를 수정할 수 있는 것도 이게 마지막이겠구나… 라고 생각했는데. 어쨌든 리키가 왜 에오스를 떠나서 아파티아로 옮기게 됐는지, 그 경위를 자세히 쓰고 싶었습니다. 그 계기는 사실 드라마 CD②와 ③에서 소설판에는 없었던 리키의 펫 시절 3년간을 오리지널로 아주 자세히(두 편이나 되는걸요. CD 4장 분량←너 제정신이냐… 라는 느낌?) 써버렸기 때문이랍니다. 3년간 펫으로 지낼 때는 '퍼니처'가 자신과 같은 슬럼의 잡종이라는 걸 몰랐던 리키가 그 사실을 알고 돌아왔으니 당연히 많은 일이 일어나겠지—뭐 그런 생각이 들었달까요?

신작 버전, 재미있게 읽어주시기 바랍니다.

참, DVD 애니메이션 말인데요, 얼마 전에 제2화 후시 녹음이 있었습니다. 착착 진행되고 있답니다. 여러 가지 의미로 기대됩니다. 현장 스태프 여러분들은 힘드시겠지만.

그리고 노… 놀랍게도 현재 발매 중인 『소설 Chara』에서 '발매 전 살짝 보여드립니다♡ 맛보기 아이노쿠사비 애니메이션 DVD(길다)'를 부록으로 드립니다. DVD 발매는 다음 해 봄으로 연기됐지만 그만큼 스태프 일동도 기합이 굉장하답니다!—라는 점을 보여주는 견본이랄까요? 어쨌든 정말 아름답습니다. 특히 이아손 님이 (웃음).

맛보기라서 전편을 보여드릴 수는 없지만 DVD 버전 신작은 이렇다!—고 생각하시면 됩니다. 여러분, 꼭 봐 주세요~. 이번 호 『소설 Chara』에는 『이중나선』 번외편도 실립니다.

항상 마지막에 쓰게 돼서 죄송하지만 나가토 사이치 님. 언제나 고맙습니다. 4편 속표지 컬러, 블론디 군단의 검은 옷을 보고 "와, 굉장하다…"라고 진심으로 흥분했습니다. 이렇게 되면 13명 모두 정복을 입은 모습을 꼭 보고 싶네요. 기회가 있으면 꼭 부탁드립니다. 어라? 무리라고요? 에이, 그러지 마시고 제발(애원).

아… 벌써 공간이 부족하다. 그럼 안녕!

2009년 10월
요시하라 리에코

아이노쿠사비 5

초판 1쇄 발행   2018년 3월 31일

글 요시하라 리에코
그림 나가토 사이치

발행인 원종우
발행처 이미지프레임
주소 (13814) 경기 과천시 뒷골1로 6, 3층
영업부 02 3667 2653 **편집부** 02 3667 2654 **팩스** 02 3667 2655
메일 mm@imageframe.kr **웹** mmnovel.com

ISBN 978-89-6052-039-4 03830
978-89-6052-061-5 (세트)

AI NO KUSABI 5